文春文庫

アガワ流生きるピント

阿川佐和子

文藝春秋

目次

第2章 恋愛編

第3章　家族編

第４章　生活編

単行本　二〇二一年七月　文藝春秋刊
ＤＴＰ制作　東畠史子

アガワ流生きるピント

まえがき

人の悩みは尽きないものである。

かくいう私も朝方、はっきりと目が覚める少し前の朦朧たる時間帯に、怖いような悲しいような、皮膚がスウスウするような、不安定な気持になることがある。どういうわけか、気分が落ち込む確率が高いのは、いつもその時間帯だ。布団が剝がれていたわけではなく、悪い夢を見た覚えもない。それなのにどうしたことか。科学的裏付けがあるのかどうか、一度、専門家に訊ねてみたい。

それはさておき、落ち込む原因はたいがい、ささいなことである。ささいなことではあるけれど、その時点では深刻な問題に思われる。たとえば、このかすかに喉が痛いのはもしやコロナに罹ったのかしらとか、腰痛がちっとも治らないのは、実は不治の病なのではないかとか、はたまたあんな仕事を引き受けてしまったが、とうてい達成させられる自信がないとか、あの人に吐いた言葉が誤解を生んだかもしれない、彼女はきっと気分を害しているだろうとか、そんなこんなである。

つらくなったり悲観的な気持になったりしたとき、私なりに心がけて実行する対処法がいくつかある。

まずは寝る。心がけるまでもなく、悲しくなると眠気に襲われるのは子どもの頃からの体質のようなものだ。寝れば忘れられる。一種の逃避本能の表れかと思われる。

もう一つは、もっとつらいことに思いを馳(は)せる。子どもの頃、高熱のせいで苦しむとき、「お腹(なか)が痛いときはもっとつらいぞ」と自分に言い聞かせて熱のつらさから逃(のが)れようとした。逆にお腹が痛いときは、「この痛みが戦地の泥道を這(は)っている最中に起こったら、どれほどつらいだろう。私はありがたくもベッドで寝て、お医者さんにも診てもらえる身だ。ありがたく思いなさい」と自らを叱咤(しった)した。

それでも痛みが治まらなかったら大声で、「母ちゃん、助けてー」と叫んでみる。そうすると少し楽になる気がした。もっとも助けて欲しい母は、亭主関白な父の世話で手一杯のため、私の叫びに反応して飛んできてくれることはめったになかったと記憶する。

「よかった。この人がお姑(しゅうとめ)さんでなくて！」

でも、母があるとき、さりげなく吐いた言葉も、私のなぐさめの一つとして活用している。

家の近くにとんでもなく甲高(かんだか)い声の奥様がいらした。子どもを叱ったり作業をしている人たちに注文をつけたりするたび、その声は周辺の家々を飛び越えてはるか丘の向こうにまで響き渡る勢いで、しかもそれは決して美声とは言い難かった。

「また大声で怒鳴ってるよ、あの奥さん！」

迷惑そうに眉をひそめた私に対し、母が、

「ああいう人がお姑さんでなくてよかったわって思えばいいのよ」

なるほどと納得した。それ以来、「どうも苦手だな、この人」という人間に出会うたび、

「よかった。この人がお姑（お舅）さんでなくて！」と胸をなで下ろすことにした。

ワンマンだった父でさえ、私に心のなぐさめ方を教えてくれた。

父親として母の夫として、なんと理不尽な存在であることかと、私は幼い頃からどれほど我が身の不幸を嘆いたことだろう。家族の言葉遣いや反抗的な（とも思われないんですけどね）態度をきっかけに、父は突如として爆発した。

「出て行けー！」

「なんだ、今の言い方は！」

憎々しげな目つきで睨まれて、すわ一家離散の危機かと恐怖に襲われたことは何度もある。そして結局、父に対して母や子どもたちが泣いて謝って、許しを請う。その段階になると多少怒りが収まるのか、自分の興奮の仕方に照れが生じるのか、父は必ずと言っていいほどに、次の言葉を続けた。

「わかればよろしい。俺はこういう性格で、こういう職業（小説家）だから、普通の家庭で通用することが通用しない場合があるかもしれん。ひどい父親だと思っているだろう。しかし、遠藤（周作氏）の家を見ろ。北（杜夫氏）の家を見ろ。あそこまでひどくない。あいつらと比べたら、俺はかなり真っ当なほうだぜ」

その言葉がどれほどの説得力を持っているかはわからなかったが、確かにそうかもしれないと納得することで、自分の身を守る技を身につけたような気がする。

突拍子もないアイディアも無駄ではない

本書に掲げた三十七のお悩みに対し、つらいことと言えば父のワンマンぐらいだった私ごときが、はてどれほどの慰めの方法を伝授できたであろうか。はなはだ心許ない。ただしかし、他人様の悩みや苦悩を、本人と同じ重量で受け止めることは不可能である。傍目には「たいした悩みとは思われない」ことも、本人にしてみれば生きるか死ぬかの重大問題かもしれない。経験した者にしかわからないのだ。だからこそ、一見、無責任にも感じられるアドバイスを耳にして、「失礼な！」と怒るか、「なるほどね」と頷くか、はたまた「それは違うだろう」と呆れるか。いずれにしてもなにかしらの反応をし、ついでに考え直し、気づかなかった視点に目を向けるチャンスになるのではないだろうか。

企画会議の席上にて、確たる名案が浮かばないとき、出席者全員が「こんな意見は通らないだろうなあ」と遠慮してひたすら黙っていては、何も前に進まない。突拍子もないアイディアが発言され、「バッカじゃないの?」と周囲が呆れて笑って受け止めながら、そのついでにヒョイと名案が浮かぶというのは、よくある話である。行き詰まったら一人で悶々とせず、無駄かと思っても、他人の言葉に耳を傾ける。その言葉そのものがたとえ役に立たなかったとしても、きっと呆れ笑いながら、しだいに自分で考える力が湧いてくるのである。そんな気持で目を通していただければ幸いです。

他人様のお悩みになんとか答えようと頭を巡らせているうちに、私も気づいたことがある。その一つは、つらいつらいと思いつつ長年聞き手の仕事をしてきたおかげで、ゲストの方々が乗り越えてきた艱難辛苦の知恵と体験を、皆様に受け売りできたことである。幾多のインタビューは決して無駄ではなかったと気がついた。

どれほどの偉大な成功者にも、必ずと言っていいほど苛酷な苦しみと試練の経験はあるものだ。そういう方々の逞しさに触れたおかげで、私はこうして笑って生きていられるのかもしれない。そしてその恩恵を含め、読者にもこの本を読んで明るい気持になっていただきたい。だから、本書は単なるアガワの知恵と経験のたまものにあらず。あたりまえか。

下心も恋愛感情も湧かないボーイフレンド

ちなみに本書にて、合いの手を入れてくれたのは、担当編集者である向坊健氏である。向坊氏は、「週刊文春」の対談連載を4年間担当した後、部署が替わってから『聞く力』や『強父論』を出版する際に声をかけてくださった有能編集者。有能だが、著者をおだてる能力にはやや欠ける。20年以上の長きにわたり、ご家族ともども親密に付き合ううち、互いにズケズケとモノを言えるほどの仲に成り果てた。まさに下心も恋愛感情もまったく湧くことのない、ボーイフレンドの一人である。彼のおかげで、ときおり私が問題の本質から脱線しそうになったり、つい大上段に構えてモノを言いそうになったりするのを避けることができた。

そう、こういう「人が真面目に話しているのに、どうして茶化すのよ！」と言いたくなるような友だちを持っておくのも、心のモヤモヤを取り去るためには、大事なことと思われますよ。

というわけで、少々ピントがずれているかとも思われますが、私のアドバイスが、読者の皆様のささやかなヒントになれば、こんな嬉しいことはございません。あとはよしなに……。

第1章　仕事編

仕事が忙し過ぎてヘトヘトです

社の方針で、私の部署はどんどん人員が減らされていて、八人いた部員が三人になってしまいました。当然のことながら、仕事の負担は増すばかりで、毎日ヘトヘト。上司はどんどん仕事を振ってくるし、ブラック企業にいるような気分です。お蔭(かげ)で、ストレス性の胃炎になってしまいました。（52歳、女性、会社員）

――阿川さんも作家・エッセイストとしてのお仕事のほか、「週刊文春」の連載対談があり、「ビートたけしのTVタックル」（テレビ朝日系）にもレギュラー出演されていて、大忙しでしょう？　最近は女優としても大活躍されてるし。

阿川　それは嫌味か？　大活躍なんぞしておりませんよ。たしかに原稿書きや対談の資料読みなどに追われて、家でパニックになることは日常茶飯事ですけどね。

――そんな時はどうするんですか？　ご主人に当たるとか？

阿川　そんなことするわけない、ことは、ないか。基本的にはまず、やらなきゃいけないことを箇条書きにしますね。近々に仕上げなければならない仕事が五つ溜まっているとしたら、それを〆切日順に書き出してボードに貼り付けるの。で、どこから手をつけるか考える。本当は〆切日順に片づけていかなきゃいけないんですが、いちばん切迫している仕事がすごく手間のかかるものだとしたら、それより〆切は先だけれどサッと片づけられそうだと思う短い原稿なんかを先に書いちゃう。で、書き上げたら線を引いて消す。そうすると五つあった仕事が四つに減るでしょ。すごい達成感ですよ！　その勢いに乗じて次に取りかかると、最後にはなんとかなるという……！　もちろん〆切日との兼ね合いを考えながら順番を決めますけどね。

――たしかに、お願いした原稿が、あっという間に届くことがありますね。

阿川　そうなのよ。長い原稿は書くのに時間がかかるから、いつまで経っても五つが四つに減らない。そうするとだんだん気が滅入ってくる。でも五つが四つになると、よし、やるぞっていう攻めの気分になるんだなあ。その結果、「こんなに早く書いていただいて！」って感動されるところと、「そろそろ〆切なんですが……」と低い声で電話がかかってくるところと、二つ、出てくるんですね。ほほほ。

「自分の悩みは大したことない」と気づかされる

――阿川さんの担当編集者は、僕も含めてみんな優しいでしょうけど、この質問の方の上司は容赦ないみたいですよ。

阿川　ん？　アナタに優しくされたことあったっけ？　でもたしかに相手が上司だとこういう嫌味の応酬もできないだろうから、つらいでしょうね。だからといって胃炎になるまで我慢しちゃダメですよ。仕事に限らずですが、私は精神的につらくなると身近な人を捕まえて、とにかく愚痴ります、甘えます、泣きます。うちでは、秘書嬢と亭主相手に、「もー、いやだ。なんで私だけがこんなに忙しいわけ？」なんて、しょっちゅう爆発しているし。しばらくするととりあえず聞いてくれる人がいるだけで楽になる。まわりは迷惑でしょうけどね。しばらくするとこちらも「ああ、あんなに八つ当たりして悪かったなあ」って反省する。反省すると、多少謙虚な気持が生まれて冷静になれます。

愚痴る対象は家族や親友でなくてもいいんですよ。むしろ愚痴る相手を絞ってしまうと、受け止める側も「またかよ」ってうんざりしちゃうでしょ。この人とはもう二度と会わないだろうというような疎遠な関係の人のほうが、優しくしてくれる確率は高いですね。仕事で初めて会った人とか、宅配便のおにいちゃんとか。「お疲れですか？」なんて声かけられたら、「そうなの。ちょっとつらくて。実は……」「頑張ってくださいね。大丈夫ですよ」って慰（なぐさ）められたら、ちょっと元気になる。

――愚痴っただけでは、何も解決しないんじゃないですか？

阿川　でも、友人知人初対面の人合わせて五人くらいに愚痴るのを繰り返したら、そのうち気づくのよ。ああ、自分の悩みはなんてちっぽけなんだ、大した問題ではないな、世の中にはもっとつらい思いをしている人がいっぱいいるぞってね。ついでに喋（しゃべ）ることによって頭が整理されます。悩みのポイントとか、自分にも直せるところがありそうだとか、どうしてこういうことになったのかという経緯とか、解決策の糸口とかね。いろいろ見えてくる。

　この相談にある「仕事を振ってくる上司」も、きっと責任のある立場に置かれていっぱいいっぱいなんですよ。そのストレスを部下にぶつけて発散させているだけかもしれない。そこは一段、部下のほうが大人になって、残る二人の部員と結託して「八人が三人になった場合、どんなに頑張っても現実的にできることは限られてきます。できることを箇条書きに整理してみましょう。まず達成できそうなことから始めてみますから、あとはフォローお願いします。一緒に頑張りましょう！」なんて具合に進言してみるとか。けっこう寂（さび）しいのよ、上司って。みんなに仲間と思ってもらうと嬉しくなるんじゃないかなあ。「うるさーい！」とか感情的に逆ギレされたら、しかたないね。この上司は人間的に尊敬できないと見定めて、ニッコリ笑って静かに見つめ返し、冷たくその場を去る。そしてその上司の悪口をみんなで言い合ってストレスを発散させる、ってのはどうかしらね？

あとね、いちばん大事なのは身体ですから。まず寝ること。睡眠が足りていれば体力にも精神力にも余裕が出ます。もうダメだと思ったら、とりあえず寝る！　寝てから考える。そしておいしいものを食べる！　身体を壊しては元も子もないです。

結論
短い仕事から片付ける。愚痴る。そして寝る。

部下を叱れません

いわゆる中間管理職となって悩んでいることがあります。上司に叱責されるのはけっこう平気なのですが、部下を叱れないんです。パワハラと言われるのが怖くて、我慢してばかりです。うまい指導法はないものでしょうか？

（50歳、男性、会社員）

――なんか、だらしない上司ですね。ガツンと言ってやればいいのに。

阿川　そういうアナタは、ガツンと部下を叱れるのか？

――うーん、いや、そうでもないかな……。

阿川　部下を叱るって難しいよねえ。私も悩む。上手に叱ることができません。部下、一人しかいないけど。こういう話は最近、よく耳にします。若手社員は打たれ弱くて、ちょっと注意しただけで、すぐに会社を辞めてしまうのだとか。「親も含めて初めて人に怒られた」と男性社員に目の前で泣かれたとかね。しかも、叱られた相手が「パワハラだ」と訴え出たら、上司のほうが一方的に悪者になりかねないこのご時世。どこの業界でも管理職の方は、ずいぶん部下に気を遣っていると聞きますね。

――阿川さんは物心ついた頃から、厳しい父上に怒鳴られ、罵倒され、鍛えられてきたから、へっちゃらでしょうけどね。

阿川　そうだと思ってたのよ、私も。あんな口うるさい父の下で育ったんだから、どんな横暴な上司の前でもへっちゃらだろうって。現に学生時代の友だちには言われてたもの、「アガワはどんな男と結婚しても耐えられるだろうね」って。そうだろうなと私も思っておりました。でもいざ、外に出て、怒鳴られてみたら、驚くほど打たれ弱くてね。すぐワンワン泣いてましたよ。怒鳴られるのが苦手な人間は、いつまで経っても怒鳴られるのは苦手。私にとって最初のテレビの仕事のボスが「情報デスクＴｏｄａｙ」という番組のメインキャスターだった秋元秀雄さん。元読売新聞の敏腕記者だった方で、それこそ気に入らないことがあったり、取材がいい加減だったりすると、生本番中でも露骨に憤慨し始めて、番組が終わってスタッフルームに戻った途端、「ドッカーン！」と雷が落ちるんです。直接、私が怒鳴られたことだって何度もある。恐怖のあまり、誰か助けてくれないかとまわりを見渡したら、みんな目をそらしてるの。怖かったよお。そのとき、あ、どんなに父親に鍛えられたと思っても、私は怒鳴られることに脆弱だって自覚しました。

でも個人的には、上司が怖い存在であることは大事なのではないか、と思うところもあります。もちろん罵詈雑言を浴びせたり暴力を振るったりするのは論外よ、ウチの父みたいにね。でも、優しくするだけだと部下は増長しますからね。「怖い」という感情は人間に緊張感を与えるでしょ。「怖くないもん」と思うと一気に気が緩んで、上司を舐めてかかるようになる。

「だいたいあなたは昔から」はNG

――その通りですが、阿川さんがさっき言われた通り、上が厳しく指導すれば、パワハラと言われかねない時代ですよ。質問の方のように、我慢を続けて過ごそうとするのも分かりますよ。

阿川　よく我慢を続けられますよね。偉いねえ、この方。私はできないなあ。でも、いくらパワハラと言われるのが怖いといっても、そうそう人間、冷静にマニュアル通りに叱るなんてできないと思いません？　そんなにデキた人間だらけになったら、世の中つまんないよ。「上手な叱り方」とか世間では指南書なんかがいっぱい出ているかもしれないけど、実際に叱らなければならない場に直面したら、どうしたって多少は感情的になるでしょう。叱る側も叱られる側も感情が揺さぶられないわけがない。

たとえば、ある「正しい叱り方」の一つとして、部下の失態に気づいて一週間くらい経ってから「あの時のことだけど……」と注意するのがよろしいと。そうすれば互いに感情的にならなくて済むって話らしいんですけどね。でも私が部下だったら「一週間前のことを今さら？　早く言ってよね。この一週間ずっと、私に対して悶々とした気持を抱いていたわけ？」って、かえって感情的にムカッとすると思う。

――阿川さんだったら、どう叱りますか？

阿川　そうねえ……。さっき申し上げたように、私は叱るのが下手なんです。でも私だったら、その場で言う。できるだけ明るめにカラッと。今、気づいたから、今、直してねって。そのときできるだけ過去の話には触れない。「だいたいあなたは昔から」って話は、たとえ心で思っていても蒸し返さない……ようにする。

でも、そう思っていても、なかなかできないのよね。明るめにカラッと言っているつもりでも、声が震えたりするんですよ。でもって、叱ったあと、叱ったこっちのほうが長く引きずるの。ああ、言わなきゃよかったとか、あんな言い方で傷つけたかなとか。だから、とりあえず叱ったあとは即、その場を離れる。そしてしばらく静観する。たぶん叱った側も叱られた相手も、心がワサワサしていると思うから、時間と距離を置く。その間に、上司は自分の感情を落ち着かせることができるし、部下のほうも冷静に考える時間が持てるでしょう。ずっとその場に留まっていると、余計な一言が重ねられて、ギクシャク感が増す恐れがありますから。

――阿川さん、意外に優しいんですね。僕も阿川さんのような上司に指導されたかったなぁ……。

阿川　心にもないことを！　ではみっちり叱ってあげましょうかね？

そうそう。上司が女性で男の自分は部下ってのは、どんな気分なの？

――女性が上司だったことはないけど、魅力的な方だったら、叱られても嬉しいかも（笑）。

阿川　アナタは、そういう人でしたね。聞いて損した。

男女平等を標榜（ひょうぼう）するこの時代になっても、上司が女性だと、いろいろと難しいものがあるでしょう。「女性に叱られるのはプライドが許さない」という男性がいまだに少なくないらしいもの。しかも、女性は声が高いぶん、少しキツめに注意しただけでも、ヒステリックだと思われやすい。だから、女性はエラくなるにつれ、声が低くなるんじゃないかなあ。女性の政治家がどんどんオジサン化していくのは、男たちにバカにされないために武装するってことではないかしらん。

それはともかく、部下を叱るのを諦（あきら）めちゃうのではなくて、叱るときは叱りましょうよ。おそらく普段の上司と部下の信頼関係を確固たるものにしておけば、ときどき叱ってもパワハラとは言われないんじゃないかしら。この上司に叱られるなら納得がいくという人間関係を作っておくというか。闇雲に部下をおだてるってことではなく、評価すべきところは、きちんと声に出して褒める。上司も口先だけで文句を言うのではなくて、自ら身体を動かして手本を見せるとか……、ってね。偉そうに提言してみましたが、やっぱり難しいよね。私もこのアドバイスを肝に銘じて、部下一人を相手に信頼される上司になるべく精進いたします。

結論
明るく、カラッと、引きずらない。

会社の先輩の髪の毛が、格段に増えています

会社の同じ部署の先輩が、前はほぼ波平（なみへい）さん状態だったのに、徐々に毛が増えはじめ、いまでは横分けができるくらいになりました。カツラではなく、増毛か植毛のようです。どう反応すればよいのでしょう。（42歳、男性、会社員）

――これ、サシで会ったら、先輩はともかく、こっちが困りますよね。油断すると目が頭にいきそうだし、そっちを見ないようにしていても、それはそれで気まずくなりそうだし。

阿川　素直に褒（ほ）めればいいんじゃないですか？「それ、植毛ですか？すごい！若返りましたねえ」って。

――いや、でもこの先輩は、バレてないと思っているんじゃないですか？そんな訊（き）き方したら、マズいですよ。

阿川　でも初対面じゃないんだし、他の人には聞こえないように気を遣って、こっそり伝えればいいんじゃないの？　「前より格段に男前上がってますよ。こんなに自然に増やせるなら、僕も試してみようかなあ」とか、そういう好意的なフォローをすれば、むしろご当人もホッとするんじゃない？　やっぱり、周りにどう見えているか、不安でしょうからね。

実際、最近は植毛の技術がすごく発達しているみたいだし。それはいいコトなんだから、むしろ堂々と「やりましたよ」って言う人のほうがカッコいい気がする。「誰も気づいていないはず」とご本人は信じているのに、周りはみんな薄々気づいているというほうがカッコ悪くない？

とはいえ、薄毛になっていくつらさって、他人にはわからないでしょうね。だから人によっては、あっけらかんと「あ、増やした？」なんて無神経に声をかけたら、ひどく傷つくかもしれないね。男に指摘されるのと、女性に言われるのでも、違うかもしれないしね。デリケートな問題だね。アナタがもし植毛してたら、「やった？」なんて訊かれたくない？

――そりゃ、嬉しくないでしょ！

阿川　そうかあ。私は、気づかれたなって明らかにわかっているのに、誰もその話題を持ち出さないほうが、やるせなくなっちゃいそう。

ぜんぜん関係ないけど、まだ私が妙齢だった時代に、お金持ちの友だちの家に仲間と一緒に遊びにいって、そのお宅のプールでさんざん遊んだことがあるんですね。男友だちも入れて六人ぐらいだったかな。で、私はビキニの水着でプールに入って、背泳をしながら、「気持いい〜！」と悦に入っていたんだけど、なんかバカに開放的な気分なの。清々しいというか水が肌に馴染むというか。

で、そのままずっと泳いでいるうちに、足元をヒラヒラ揺れるものがあることに気づいたんです。あれ？　と思って、泳ぐのを止めてよく見たら、それは私の胸に当てていた水着だったのです。すなわち、ヒモが半分ほどけて水に浮いていたんだな。

ってことはつまり、私の胸は思い切りすっぽんぽんだった。それがはたしてどれほどの時間続いたのかわからないけれど、咄嗟に私は水にもぐって、急いで胸に水着を当てて、そしてまわりを見渡した。すると、どういうわけか誰もこっちを見ていなくて、プールサイドで談笑しているのよ。

「誰か見ちゃった？」と聞くわけにもいかず、私から「実は」と話し出すわけにもいかず、その後、帰りにみんなで飲みに行ったんだけど、そこでも誰も話題にせず。そのときの苦しい気持はなかったですよ。いっそ、「見たぞ見たぞ」って言われたほうが楽になると思った記憶があります。

「もしかして気づかれているかもしれない」という不安を抱えながら、誰もそのことに触れてくれないほうが苦しくないかしら。私だったら、明るく言ってもらうほうが楽になりそうな気がする。

髪の毛が薄くなったアガワ

——ちなみに、阿川さんは、ハゲてる男性はいかがですか？

阿川　ぜーんぜん嫌ではないですよ。残り少ない髪の毛を脇から必死にかき集めて頭頂部を埋めようとしている人より、いっそ清々しくハゲている人のほうが好きですけど。でも最近は、どちらもさほど気にならなくなってきた。波平さんタイプ、好きですよ。トランプ前大統領はちょっとね。

やっぱりヘアスタイル以前の、人柄によるところが大きいんじゃない？　男のカッコ良さは髪の毛の多さとは比例しませんからね。亡くなった三宅久之さん（政治評論家）は、「TVタックル」でご一緒してましたけど、堂々としていて素敵でしたねえ。欧米人にはショーン・コネリーやジャック・ニコルソンみたいに、薄毛でもカッコ良い男性はたくさんいますよね。フランスのシラク元大統領も素敵だったよねえ、お会いしたことはないけど。

髪の毛が薄くても太っていても痩せていても、毅然としていればカッコよく見えると思うの。人間卑屈になると表情に表れるでしょう。カツラをかぶると、どうしてもオドオドするという、その様子が、からかいの的になってしまうのであって、「カツラですが、なにかいけませんか？」って豪快に笑っている人がいたら、それはカッコよく見えると思いますけどね。

だいいち、男性はツルツル頭になっても、カッコ良く生きる道が残されているけれど、深刻なのは女性のほうじゃない？　髪の毛が薄くなると悲しいのは、むしろ女性のほうですよ。髪は女性の命という固定観念もあるから、じわじわと薄くなっていくと、外に出かけるのも嫌になっちゃう。

実は私も、深夜番組に出ていた30代の頃、なぜか抜け毛が激しくなって、みるみる髪の毛が細くなっていったんです。たぶんストレスのせいだと思うんだけど、シャンプーをするたびに、髪が抜ける量の多いことに驚いて、このままハゲちゃうんじゃないかと不安になったことが何度もあります。

実際、仕事場で上司の男性が、「あれ？　ちょっと透けてきた？」と私の頭の上を見て呟いてから、「いやいや、大丈夫大丈夫」って、変に慰められたりして。これはただごとではないぞと、本当に泣きそうになった。その頃はしょっちゅう、ハゲる夢を見たりしてね、怖かった。子どもの頃は、髪の毛が太くて多くて困っていたくらいだったのに。

——そうだったんですか！　それこそ、カツラにしたりしたんですか？

阿川　そこまでの発想はありませんでしたけどね。でも、こうなったら太く短く育てたほうがいいかと思って、それまでボブカットだったのを、ばっさりショートヘアにしました。それで髪の毛が太く復活するということはなかったけど。抜け毛が長いとショックが大きいのに対し、短い分には少し心が落ち着いた覚えはあります。

それでもハゲるかもという不安はぬぐい去れず、同級生何人かと会ったときに、「髪の毛がどんどん細くなってどんどん抜けて、このままだとハゲちゃいそうで怖い」と打ち明けたら、「あら、カツラがあるから大丈夫よ。私は白髪が悩みの種」ってあっさりあしらわれて。そしたらもう一人の友だちが、「あら、染めればどうってことないじゃない」って。そのあっけらかんとしたやりとりをしているうちに、なんだかすっかり気分が軽くなって。どっちもどっちだな。なんとかなるだろうって気持になりました。

植毛技術もカツラも、今どきはかなり進化しているようだから、私がかぶる頃には、きっと帽子をかぶるぐらいの気軽さで使えるようになるのではないかと期待しているけど、そもそも暑がりだからなあ。夏は暑くて途中で脱いじゃったりしそうよ。カツラを手に持ってセンス代わりにあおいだりしてね。「あら、カツラだったの!?」って、横断歩道の隣のおばさんに驚かれたりしてね。

私の友だちのお父様が普段、カツラをかぶってらして、ある夜、近所で火事があって。大騒ぎで夜中、家族とパジャマのまま外に出たんですって。そしたらご近所の方々の視線がどうもお父様のほうに集中している。お父様、慌てて外に飛び出したものだから、カツラを忘れてきちゃったとか。「もう笑っちゃったわよ」って友だちは大笑いしてたけど、その後、そのお父様がご近所からバカにされるなんてことはなかったみたいですよ。

カツラも入れ歯ぐらいの感覚になったら、「ああ、そうだったんだ」ってみんな、普通に受け止められるんじゃないかしらね。だから結論としては、ご本人を卑屈にさせないよう、気づいているのに気づかないふりをしないこと。むしろ軽いノリで声をかけ、うらやましがってみてはいかがでしょう。でも本当に「気づかれていないはずだ！」と信念を持って振る舞っておいでの方に対しては、指摘しないほうがいいかもね。

そういえば、去年（２０２０年）１１２歳で他界した伯母は、50代ぐらいからの長年のカツラ愛用者でした。いつもお洒落にカツラをつけて出かけていたのだけれど、ある日、デパートの一階を歩いていたら、「奥様、失礼ですが、ちょっとズレていますよ」ってカツラ売り場の女性店員さんから声をかけられて、ものすごく憤慨して帰ってきたことがあったな。

人によっては、指摘されると激しくプライドが傷つけられる人もいるのだということを、今、思い出しました。やっぱりそっとしておくことが大事なのかしら。わかんないね。

結論
あえて話題にしない、目を合わせない、はやめましょう。

上司の辛辣な言葉に傷ついてます

　職場の部長（女性）には、かつてはよく飲みにつれていってもらうなど、可愛がってもらっていましたが、最近は「あなた、頭使ってるの？」「そんな仕事ぶりで恥ずかしくないの？」などとキツく叱責されるようになりました。周りの同僚からも同情されるほどです。「あなたとは気心が知れてるから、つい言いすぎちゃうの。ごめんね」などと後で詫びが入ることもありますが、我慢の限界です。本来なら、部長の上司である局長（男性）に訴えるべき話ですが、局長と部長はデキているという噂もあるので、躊躇しています。（45歳、女性、公務員）

——いわゆるパワハラですね。

阿川　私がテレビの仕事を始めた頃は、パワハラなんて言葉自体がなかったし、嫌な上司だと思っても、その上の人に訴えるなんて発想は思い浮かばなかったからねぇ。

ただ、パワハラもセクハラも、絶対値という万人が納得できる基準がないのよね。同じ言葉でもAさんに言われるとパワハラに聞こえるけど、常日頃「ステキな先輩だ」と思っているBさんからだと、傷つかないってことがあるでしょう。ここが微妙ですよね。

この質問の方には失礼かもしれないけれど、たとえばそのパワハラ部長の立場になって考えてみてください。もし上に訴えられたらたぶん、「これだけ可愛がって面倒見ていたつもりだったのに、まさかパワハラで訴えられるとは思わなかった」とショックを受けるにちがいない。おそらくいじめたなんて自覚はないと思いますよ。

——でも、もう我慢の限界なんですよ。何とかしないと！

阿川 まずは同志を探してみたらどうですかね？ 自分と同様に部長に対して不満を持っていそうな職場の仲間に話してみる。それで「私もそういう思いした」「えっ、本当？ 今度お茶飲もう」ってなると、ちょっと元気が出るでしょう。一人で抱え込んでいると耐えられない問題も、共有できる仲間を見つけて、特に女性の場合は、話すだけでかなり発散できるから、気持が楽になるはずです。その上、なんだか新しい友だちができた気分で、ささやかに嬉しくなるの。

その新たな友だちは、単に「嫌な上司を抱えている」という共通の話題一つでつながっているだけの関係ですからね、さほど長続きはしないと思うけど。共通の「嫌な上司」が、そのうち人事異動でいなくなったら、たちまちその絆(きずな)は消滅して、「なんで私たち、仲良くしてたんだっけ？」って思うほど疎遠になりますよ。

　でも、たとえいっときの仲だとしても、一緒に愚痴を言い合える仲間がいるのは大事なことなのよ。悪口は蜜の味、毎日の活性剤ですよ。不満に勢いがあるうちは、どんどん膨らみますからね。

「さっきまた新しい嫌なことがあったの。聞いて聞いて！」って（笑）。「聞きたい聞きたい！　実は私も新しいネタができたのよぉ」なんて具合にね。俄然、元気になっちゃって。むしろ毎日が楽しくなったりして。自分だけが嫌な思いをしていると思っているうちはつらいけど、「あなたも私も」ということになれば、人間はエネルギーが湧いてくるのです。

「嫌なヤツ」は偉大だ！

――阿川さんも、そういう悪口で絆が生まれたご経験が？

阿川　もちろん、ありますよ。食事会である「人物」の話をしているうちに、そこに集まっている女性陣がみんな、同じように「嫌なヤツ」と思っていることが発覚した途端、盛り上がって盛り上がって、気づいたら、その「人物」の話題だけで2時間半経っていた。そのとき私、感動したんです。「2時間半も盛り上がれる話題を提供してくれるその『人物』は、もしかして偉大な人なのではないか」ってね。

この人の話題がなかったら、「何の化粧品使ってるの？」とか「え、そのお洒落なピアス、どこで買ったの？」なんてたわいもない話で、さして興奮することもなく「仲良くなったな」という実感もおぼろげなまま、さらりと終わっていた食事会だったはずです。

でも、そのとき、さんざん悪口を言い尽くしたら、疲れちゃってね。そのあと、「自分はなんて下劣な人間だろう」ってことに気がついた。そうしたら、さらに気が晴れていましたね。吐くだけ吐いたらイライラが収まったし、興奮して悪口を言っているうちに、もしかしたら自分たちにも非があるのではないか、という気持にもなった。少なくとも品性はないものね、他人を罵倒し続けるという行為は。人の陰口を言って時間を費やしてキャーキャー喜んでいるうちは、ロクな人間にならないぞって。自分に嫌気が差したんです。

でもいっときの発散は必要なのよ。一度、爆発しておかないと、そういう境地には至らない。発散といっても、今どきのＳＮＳを使って悪口を拡散するとか、そういうのは卑怯だと思いますよ。だからほんの内々で。ほんのひととき。

仲間だけでなく、「発散場所」を確保しておくのも手ですよ。溜まりに溜まって限界が来たら、とりあえず屋上に上がって、「バカヤロー！」って大声で叫ぶとか、会社の奥の倉庫に入って、段ボール箱を思い切り蹴ってくるとか。体力使って疲れると、少しイライラが収まることってあるでしょ？　お皿を割るのも、体力を使うと同時に、「あ、ホントに割れちゃった。片づけなきゃ」という罪悪感を抱くことによって、怒りが少し紛(まぎ)れるんじゃないかしら。

どう気を晴らすか、その方法を自分で決めておく。そして不満を溜めているのは自分だけじゃないことを知れば、勇気を得ると同時に、少し冷静に考える余裕も生まれると思いますからね。

有志一同で訴えたらどうなるか？

――職場の結束が固まれば、いっそのこと有志一同で局長に訴え出てはどうですかね。集団で来られたら、たとえデキていても簡単にはかばい切れないでしょう。

阿川　でもね、その上司の肩を持つわけじゃないけれど、「有志一同で局長に訴える」という作戦が成功したとして、そのあとどうなるか、想像してみてください。

まず相談の方を含めた「有志一同」はスカッとするでしょう。ざまあみろってな感じね。でも、この「有志一同」の結束は、たぶんそこまでだと思う。確たる敵を失ったら、仲良くする理由がなくなるんですよ。今までいちばん大きな問題として共有していたテーマを失うと、他の面が気になってきて、必ずしも「この人と仲良くする必要があるのか？」という疑問がじわじわと湧いてくる。

一方のパワハラ部長はダブルパンチですよ。可愛がっていたつもりの部下から総スカンを食って、その上、バレていないと思っていた局長との関係も知れ渡ることになる。しかも、当の局長は、私を守ってくれなかった。もうボロボロでしょう。

そこまで叩きつぶすつもりはなかったんだけどなと後悔しても、もう覆水盆に返らず。パワハラ部長は職を離れるか、他の部署に飛ばされるか。それでも同じ職場で以前通りに元気よく働き続けるとしたら、相当な強者だけど。普通ならかなりのダメージを受けて、精神的に立ち直れなくなるんじゃないかしら。そこまで、その人の人生を追い詰める覚悟はありますか？

この質問の内容から想像すると、そのパワハラ部長は、ちょっと独断的で口は悪いけれど、まあまあ明るい性格なのではないかと思うんですよ。陰湿にいじめるような気持はないのではないかと。だからこそ、ときどき気になって、「気心が知れているから、つい言い過ぎちゃって」と、エクスキューズを入れるのではないかしら。

実のところ私も、この上司のような態度を取る傾向があります。すごく親しい友だちには、気を遣わないでいいと思うから、他の人に紹介するとき、敢えて悪く言ったりするのね。

「この人、ホントにわがままなんですよぉ」とか、「人の話、なんにも聞いてないですから、気をつけたほうがいいですよ」とかね。身内を卑下するようなつもりなんだけど、でもときどき、その友だちは不快に思っているかもしれないなと感じるときがある。たちまち私は反省するんですが、でも言っている側はそういうことに鈍感なんですよ。ついその場を盛り上げようと思って身内感覚になってしまうんです。

「言い過ぎたかな」と反省

――僕も阿川さんのご友人に紹介されるとき、「酔っ払いで」とか「節操がなくて」とか言われて、だいぶ傷つきました……。

阿川　あら、ゴメンあそばせ。傷ついてたようにはぜーんぜん見えなかった。親しい友だちと一緒に外国に旅をしたとき、そこでお世話になった外国人にご飯をご馳走になったのね。私がその友だちについて紹介がてら、「この人、買い物に行くと、決断するのが遅くて遅くて困っちゃうんです」とか「自分の世界に入ると、何も返事しないですから。ほら、今もそうだったでしょ」とか、オモシロおかしく言っているつもりだったら、同席していた外国人の一人に、

「どうしてあなたは友だちのことをそんなに悪く言うの？」

って真面目な顔で聞かれたの。焦りましたね。悪く言っているつもりはなく、言われている友だちも了解の上のことだと私は理解していたけれど、たしかに失礼だったかもと思った瞬間でした。

今でも私は、「親しいからこそ悪く言う」という癖が抜けていないんだけれど、ときどき「言い過ぎたかな」と反省することはあります。

だからね。このパワハラ部長も、そんなに相手を傷つけているという自覚がないのかもしれない。そういう場合は、「みんなで訴える」という、一見合理的に思われる方策を取る前に、さりげなく本人にぶつけてみたほうがよくないですか？　そこで初めて自分の言動が大事な部下を深く傷つけていたと気づいて、反省するかもしれない。

——上司になかなか言い出せないくらいだから、どうせなら仲間を道連れにしたほうがよくないですか？

阿川　まあ、それでもいいけど、大勢で言われるショックってのは、かなり大きいのよ。私、経験があるの。

中学生のとき、私はミュージカルが好きだったんだけど、まわりの友だちはだいたい和製グループサウンズのファンだったんですよ。そうしたらあるとき手紙を渡されて。「アガワと友だちになりたいとは思っているけれど、どうも趣味が合わない。無理に合わせなくてもいいけれど、少し変えてみたらどうでしょう。みんながそう言っています」って数人の連名で。ガーンとショックを受けましたよ。「みんながそう言っている」という言葉がいちばん怖かった。みんなが私のことを悪く思っている（本当かどうかはわからないけれど）と知った途端、地獄に落ちた気分がしたものね。

一人の意見ではなく、多くの人がそう思っているというプレッシャーには、「私が悪いのかしら」と思わせる説得力がある。だからその分、冷静に穏やかに、威圧的にならないで。

「私のためと思って叱ってくださるのはありがたいことだと思っているんですが、みんなの前で、そこまできつく言われると、正直、私は深く傷ついています。そこまできつい言い方をしないでいただきたいんですが。えーんえーん」と泣き顔になってみるとか。弱々しく俯いてみるとか。

そこで、「ごめんごめん。そんなに傷ついていたとは気がつかなかった」と言うか、あるいは、「なに言ってんの。悪いのはアナタのほうよ。部下なんだから、まずそっちが直すのが筋というものでしょう」と逆ギレされるか。その反応次第で、次の作戦に出ても、遅くはないと思いますよ。

――しかし、これだけパワハラが問題になっているご時世に、この上司も、よくこれだけキツいことを言えますね。

阿川　上司の立場になって初めて、わかることもあるんだと思う。「下ってつらい」と言いますけど、案外下は気楽ですよ。言われたことに、「はい」とか「いや」とか「あったま来た！」とか言っていればいいんですから。

上司は部下に仕事をふって、ある程度の成果を出してもらわなくてはいけないし、

「いい」とか「いや」とか言っている場合じゃないことがあるわけです。叱るときは叱らなきゃいけないけれど、部下の機嫌を損ねるわけにもいかない。時にはおべっか使って労働意欲を盛り上げなくてはいけない。上司も威張っているようで、案外気を遣っているのです。

でも誰もが優秀な上司にはなれない。だから、感情的になったり部下に対する扱い方を誤ったりする。上司って大変なんだと、そのあたりの気持を汲むことも少し考えてみてはいかがでしょうか。真っ向から反発するのではなく、ちょっと力を抜いてみるとか、笑いで返すという手もあると思うのです。

たとえば「あなた頭使ってるの?」と言われたら、「足を使ってますので」と言ってみるとか。ウチの秘書なんて、そのあたりの切り返しは上手なんだ。私が「先週末の仕事はきつかった。一人でどうなるかと思ったわよ。あなたはお休みしてたから、よかっただろうけど」って週明けに嫌味を言うと、「いえいえ、休んでいる間もずっとアガワさんのことを心配しておりました。片時もアガワさんのことを忘れたことはありません」なんて返してきます。そうすると「このー」とか言って笑うしかないでしょう。

正当なる権利を主張することも大事ではあるけれど、上司がムキになる同じ力でこっちがムキになるよりも、ちょっとズラして返すことができる部下のほうが、後々きっと、いい上司になると思いますよ。

ウチの事務所は、上司が甘ったれなのに、部下が賢い(かしこ)からうまくいってるんです。

結論
「同志」を作るか、笑いで返しましょう。

近くに住む会社の先輩が誘ってきます

最近引っ越したところの最寄り駅が、会社の男の先輩と同じだったことがわかりました。私がワイン好きであることを知って、「駅のそばにうまいビストロがあるから」と誘われたのをきっかけに、今では毎週のようにお呼びがかかるようになりました。話が面白い人だし、お酒に釣られて行っていましたが、先日二軒目にいく道すがら、いきなり手を握られました。

そういえば、酔っていてあまり気にしていませんでしたが、さり気なく肩や腿(もも)を触ってきたり、ということが何度かありました。20歳以上年上のおじさんだし、妻子持ちだし、恋愛感情はまったくないのですが、断ると気まずくなりそうですし……。

（23歳、女性、会社員）

――これは下心見え見えじゃないですか。

阿川　こういうのはね、ピシャッと断らなくてはダメです。触ってきたタイミングに言い返すのが理想ですね。あちらはアヤシイ気持満載で迫ってくるわけだから、そこに明るく大きな声で、「はい、その手はしまっておきましょう」とか、「はい、だめだめ」って、明るくしっかり拒絶すれば、あちらは間違いなくシラけます（笑）。「いけません」なんて小さく低い声で言うのはダメです、「イエス」だと思われてしまうことがありますから。「嫌よ、嫌よも、好きのウチ」という言葉を真に受けている殿方は多いんだから。

それより感謝の気持も込めて潑剌と、「ご馳走様でした。楽しかったです。でも、そっちはダメですよ」と明言する。それであちらが気を悪くしたら、それはもう仕方ないでしょう。

――阿川さんも同じようなご経験が？

阿川　ある紳士と二人でご飯を食べた帰りに、「これから二週間に一回くらい会いたいな」と誘われたので、「それはないですね！」って大きな声で断ったら、二度と連絡が来なくなったってのはあります。

でもね、私のささやかな経験で言うと、こういうタイプのオジサンはたぶん、さほど深い意味がなくても若い（って、私は若くないけどね）女性と、そんなふうにデートするのが好きなんだと思う。そういうプレイボーイタイプは、女性がきっぱり「ダメ」

と言えば、聞き分けはいいですね。たぶん、「あ、そう。じゃ、次！」って別の女性に思いを馳せると思いますから。

だから、軽々と誘ってきたり迫ってきたりする人には、「気まずくなったらどうしよう」なんて心配をしないで、嫌ならきっぱり「ダメ！」と早めに言っちゃったほうがいいと思いますよ。そのあと再会したとしても、案外、後腐れはないんじゃないかな。私は、そのオジサンとその後、会ってないからわからないけどね。

別のケースで、やはり仕事でお世話になった紳士に「ご飯を食べよう」と誘われたので、「はい、是非！」と答えて出かけていったときも、二人だけだった。まあ、そうだろうとは思っていたから、やや緊張しつつも、ご飯を食べているときはけっこう盛り上がって楽しかったんです。それで「もう一軒行く？」というお誘いにも従ったら、二軒目の店で、その人が妙に身体を寄せてきて、「これからどうする？」って。「は？　これからって？」と聞き返したら、「一番、ホテル。二番、僕の家。三番、君の家」って。すかさず私は、「四番、一人で帰ります。ご馳走様でした」って席を立って帰ってきちゃった。

要するにできる限り明るく、ピシャッと拒否するのがコツですね。「奥様もいるのにだめですよぉ……」なんていうのは効果ゼロ。相手は「ああ、そういうことを気にしているんだ。でも僕のことは好きにちがいない」と極めてポジティブに解釈する傾向がありますからね。

会社の先輩に誘われて、しかもご馳走になっていたら、無下に「嫌だ」と言えない立場であるかもしれないけれど、そういう不利な状況だからこそ、明るく、明るく、明るくです！　いっそ能天気（のうてんき）で空気の読めない女だと思わせればいいんです。

オジサンをナメたらあかん

――それにしても、この先輩、娘くらいの年ごろの子に頑張るなぁ。

阿川　ほほぉ。あなたなら、娘のような女性に興味を持たないという確信がある？　それは違うんじゃないかなあ。この人はもうじゅうぶんな大人の男だから、私のような小娘に、そういう感情を抱かないだろうと思ったら大間違いでしょう。もちろん個人差はあると思うけど、男も女も、いくつになろうが、あわよくば「ときめき」たい気持は常に持っているのよ。お父さんと同い年だから大丈夫なんて理由で油断していると、何が起こるかわかりませんぞ。20代くらいの女性にとって、お父さんの年齢というと50代ぐらい？　それはまだ現役感ありありでしょう。

「それぐらいは用心してますよ」とおっしゃるそこの若いお嬢さん、オジサンをナメたらあかんぜよ。いや、もはや枯れ切ったとおぼしきおじいちゃん世代であっても、心は枯れていないと思います。でも若い女性は、「まさか、こんな高齢者が、自分を女と見

るわけがない」と信じ切って、高齢者介護のつもりで、

「あ、危ないですよ。段差がありますから気をつけて」

「ほらほら、私の手を握ってください」

「おじいちゃん、すごーい！　鍛えてるんですか？　触っていいですか？」

なんて具合に身体のあちこちを触ったり、手を差し伸べたりすると、おじいちゃんは即座にその気になります。「もしかして、この女の子は私に気があるぞ」と勘違いしてしまいます。親切にしたりお世話をしたりすることは大事ですけれど、それ以上の思わせぶりな態度を取るのは、控えたほうがいい。


私だって、若いイケメンにことのほか親切にされたら、すぐにコロッと参っちゃいますよ。こういう年上の女性が好きな人なんだなと、すっかりフランス映画のヒロインになった気分になるだろうね。

人は皆、世間で思っているほど自分は年寄りだという自覚はないのです。いつでも心は20代ぐらいに戻れると勘違いしているものなのです。そのツボを巧みに刺激されたら、いかんのですよ。

ということで、若い女性はどうかくれぐれも、お父さんぐらいの年頃の紳士にお気をつけあそばせ。

結論

男は何歳になっても「その気になる」と心得よ。

上司から娘との縁談を持ちかけられてます

上司から「ウチの娘と会ってみないか」と盛んに言われています。彼氏いない歴22年の社会人3年目だそうです。私が独身と知り、「よかったら嫁に」と。上司の娘などもらいたくないですし、そもそも娘さんは、私より18歳も年下です。どう断ったらよいですか？
（40歳、男性、会社員）

――これは、お見合い歴四十回以上の阿川さんの得意分野ですね。

阿川　いつから四十回以上ってことになったんだ？ 自称三十回ですがね。友人の檀(だん)ふみは「自分が三十回って思ってるときは、だいたいその倍はしてるのよ」って言ってますけど。もはや遠い過去のこと。何回やったか、忘れました（笑）。
でも今でもこういう縁談の持ち込み方する上司っているのね。まるで曽根崎心中の世界みたい。

「お前もウチで長年よく奉公してくれた。そこで相談だが、ウチの親戚の娘と所帯を持って、この醤油屋を継いではもらえまいか？」

「旦那様、お気持は嬉しゅうございますが、あっしには……、あっしには心に秘めた人がおるのでございます。どうかその縁談だけはご勘弁くださいませ」

「なに、俺の言うことが聞けねえっていうのか。ここまで育て上げたのは誰だと思ってるんだ、この恩知らず！」

――ストップ、ストップ！　そこまで無理強いされてる話ではないですから！

阿川　そっか。でも断りにくいでしょうねえ。こういう場合、断るなら、曽根崎心中のように、「ちぎりを交わした彼女がいるので」と言うのが一番手っ取り早いと思いますが、実はそういう人がいないことが、あとでバレたら困るしねえ。でも、断る前提でお見合いするのも、相手の女性に失礼という気もするしねえ。

遠い過去の記憶の糸をたぐり寄せてみると、私がお見合いした中にも一人、たぶん上司に言われて、いたしかたなく、会うのを承諾したらしき方がいらっしゃいましたよ。「お相手は28歳ですよ」って言われた途端、「そんなおじさんと？」と驚いたぐらい、私が若かりし日のことでございました。今思うとたったの7歳違いだから、ちょうどいい年齢差だったと思うんですけどね。

とにかくその縁談を進めるべく、父と二人でお見合いの席に向かいました。お洒落なレストランに到着したら、父の昔からの知人の方がいらして、その部下に当たる方がスーツ姿で並んで待っていらした。

私だけが子どもって感じの雰囲気になり、食事をしながらもっぱら父と上司と部下、つまり私のお見合い相手、男三人で話が盛り上がっていて、私はぜんぜん話題に参加することもできず。一人黙々とご馳走を食べて帰ってきたら、中に立った上司の方から数日後にお電話があって、「どうも、本人はまだ結婚する気がないと申しておりまして」とあっさり断られたんです。

「だったら来るなよ！」って、ちょっと思いましたけど（笑）、あとで考えると、上司の命令を断れなかったんでしょうね。だからとりあえず「会うだけでいいから」と押し切られて、義理を立てたのでしょうね。

小娘だった私は、かすかに傷つきましたけど。だって、顔を見たあとで、「まだ結婚する気がない」と言うってことは、どう考えても「この娘には興味なし！」と判断したに違いありませんからね。いくら上司のススメでも、会ってみたら「お、可愛いな」と思えば、さっさと断ることはないでしょう？　グスン。


「22年彼氏がいない」＝「モテない」ではない

――まあまあ、阿川さんは今は幸せな結婚生活を送られているわけですから、泣かなくてもいいじゃないですか。で、見合いのベテランである阿川さんから、アドバイスするとすれば？

阿川　幾多の見合い経験のある私から申し上げるとすれば、「上司の娘」「彼氏いない歴22年」といった履歴だけで人を判断するのは、つまらないんじゃないかしら。その履歴に引きずられてしまうと、先入観で人を観察するようになる。まあ、見合いそのものが、先入観合戦みたいな出会いではありますがね。

事前に履歴や条件を提示されると、どうしてもそこである程度の認識ができてしまいます。何の先入観も情報もなく、ひと目会った印象で、その人を判断することができなくなっちゃうんですよ。

この相談の方も、「彼氏いない歴22年」というところで既に、上司の娘は「男に振り向かれない女」「魅力のない女性」と思い込んでいるでしょう。でも、もしたまたま街で出会って気に入った女性が、かなり年は離れているけれど、なぜか過去20年以上、殿方とお付き合いするチャンスに恵まれなかったとわかったら、どうですか？　彼氏がずっといなかったなんて信じられないくらい魅力的で、しかも気が合ったらどうですか？　そんな女性が偶然、上司の娘であることがわかったら、その時点で諦めますか？

履歴は一つの判断要素にはなると思いますけど、結局は会ってみなきゃわからない。何が人との出会いに、化学変化を起こすかわかりませんよ。

それなのに、「上司の娘」「彼氏いない歴22年」というネガティブ情報だけにこだわって避けてしまったら、大きなチャンスを逃すことになるかもしれません。

そもそも、22年間彼氏がいないからモテないとは判断できないと思います、今の時代。逆に、恋愛経験豊富な女性のほうが、魅力的なのかどうか。「彼氏いない歴22年」なのは、男に相手にされないからなのか、恋愛に慎重で軽々しく男性とつき合うことを回避していたからなのか、わからないじゃない？

若い男たちが昨今、まことに攻撃的ではなくなってきたでしょう。肘鉄を食らってもめげることなく女性を追いかけて、こまめに攻勢をかけて、なんとかモノにしようという根性のある男が、少なくなってきたものねえ。プライドが高くなっちゃったのかしら。

そのぶん、自ら積極的に男性にアタックする狩猟系とおぼしき女性も増えてきたけど、依然として「声をかけられるのを待つ」農耕系女子もたくさん生き残っているでしょう。そういう農耕系女子は、今や絶滅危惧種化しつつある血気盛んな男の出現を待つしかなく、「ぜんぜん現れないんですけど〜」と思っているうちに、22年たってしまったというケースも多いと思うんです。

「ご縁ですから」は便利な言葉

――阿川さんが20歳そこそこで、上司から20歳近く年上の息子と会ってくれ、と言われたらどうします？

阿川　私なら、会うだけは会ってみると思います。「会うだけ会って断ってきた」男に傷つけられた私でも、会ってみないと、話は始まらないと思いますからね。それにね、「断られて傷ついた」とは言いましたが、そんなに深く落ち込むほどのことでもないからね。

お見合いというものは、合理的にできているのですよ。あくまで他人がすすめる出会いのチャンスですから。当人同士がピンとこなければ、いくらまわりが無理強いしたところで結ばれないということを、長い見合い文化の歴史を重ねて、みんなちゃんと認識しています。上司が道理のわかる人なら、「ちょっとご縁がなかったようです」と言えば納得してくださるはず。日本には「ご縁ですから」という、実に都合のいい表現がありますす。「やはり年が離れすぎているから」とか「お嬢様は僕にはもったいない」とか、あれこれ理由を並べなくても、「このたびは、ご縁がなかったということで」とひとこと言えば、相手を納得させられる。便利よねえ。

もしかすると、娘さんも困っているかもしれないですよ。「お父さんが探してやる」と一人で意気込んでいて、本人は「まだ結婚したくない。しばらくは仕事に生きていきたいの」と言っているのに、無理やり嫁がせようとしているかもしれない。「22年間、彼氏がいない」と思っているのは親だけかもしれないしね。
そもそも、この質問の方は、相手の女性に対してすっかり上から目線になっている
けれど、娘さんのほうから断ってくる可能性だってありますよ。「40歳のおじさんなん
か嫌」と言われたら、どうします？　あるいは、向こうから、「えっ、40歳で独身？
一回も結婚してないの？」って、二の足を踏まれるかもしれませんよ。
――うーん、さすがお見合いのベテランだけあって、いちいち説得力ありますね。
もし僕がこの人の立場だったら、断った場合に、上司と気まずくなるのが心配ですね。
阿川　その前に、職場の上司に「自分の娘の婿(むこ)に」と見込まれたってことの意味を、
よく考えてみましょうよ。自分の仕事ぶりを普段から見ている人が、「こいつは仕事が
できないヤツだ」と思っている部下に、自分の娘を嫁がせたいなんて思わないでしょ？
これは、仕事ぶりが高く評価されているという証拠でしょ？　実に有難(ありがた)い話じゃないで
すか。
「こいつだけは娘の婿にしたくない」ではなく、「自分と親戚関係になろうよ」「お前の
遺伝子を持つ孫がほしい」って言われているのと同じですからね。仕事の能力だけでな
く、人間として男として、ずっとそばにいてほしいと思うほど気に入っている。大事に
育てた娘の伴侶(はんりょ)になって、もしかすると同じ屋根の下に一緒に住んでもいいと思うくら
い、人間的に認められたのだということを、忘れてはいかんよ。

もし、このお嬢さんが適齢期をとうに超えていて、「ちょっと年上になっちゃうけど、ウチの娘、どう？」と言われたら、残り物みたいな印象は否めないけれど、まだ社会に出て3年目でしょ。そんなピチピチの娘を「嫁にどうだ？」と父親自ら、部下に声をかけてきたんですよ。この意味をよーく考えてみてはいかがでしょうか。

よほどその上司のことを、「義父になってほしくない」と思っているなら、話は別ですけどね（笑）。

結論

人を履歴で判断するのは、つまらないことである。

ビジネスで成功している人たちの共通点を教えてください

僕は金持ちになりたくて東大に入りました。起業したいと思っています。阿川さんはこれまで、ビジネス界で成功した方々にもインタビューをされていますが、そういう人たちに共通する点はありますか？
（20歳、男性、学生）

――かなり野心的な東大生からの質問です。

阿川　たしかに、ビジネス界で成功した方にはずいぶんインタビューしていて、その秘訣（ひけつ）まではわかりませんが、「この方は企業人として立派だ、尊敬するし、面白い！」と思った方々に、共通するものはあるかもしれません。ただし、偉大な成功者の中には、私と価値観のぜんぜん違う方もおられるだろうから、私が「スゴイ！」と思うことが必ずしも「成功者」に通ずるものではないかもしれません。それを前提に申し上げるならば、まず、成功者は「実るほど頭（こうべ）を垂れる稲穂かな」でしょう。

――なんだ、それなら僕にもできますよ。

阿川　アータ、もうそんなに実っちゃったの？　でも、これが簡単なようで、なかなかできないんだぞ～。新人のうちはペコペコと腰を低く駆け回っているけれど、仕事に慣れ、人に慣れ、場所に慣れ、そしてだんだん昇格するにつれ、慢心(まんしん)していくものです。

まして、部下がしだいに増えていくわけで、いつまでもペコペコしてはいられない。優柔不断で腰を低くしているばかりじゃ、トップとしての信頼を欠くからねえ。部下をきちんと育てなければならない。責任を取らなければならない。そういう大義のもとに初心を忘れ、教育しているのか威張(いば)っているのか、自分でも区別がつかなくなっていく。

企業人ではないけれど、何度か仕事で会ったことのある政治家が、大臣に就任した途端(とたん)、歩き方が変わり（お腹を出して歩くようになった）、名刺の出し方が変わり（片手で差し出した）、笑い声が変わった（謙虚な笑みとはとうてい思えない）。人間って、地位でこんなに変われるのかと驚いたことがあります。誰とは言いませんけどね。

ビジネス界でも、きっと、そうなっちゃうんですよ。だから、意味なく偉そうにしてないか、と自分でときどき省(かえり)みる気持が大事なのだと思います。いかんいかん、無意識のうちに、まわりより自分は上だと思ってしまっているなと、気づくだけで違うんじゃないかしら。

こう言っちゃナンですが、質問の東大生のあなたも、「僕は東大生」という意識はおおいに持っているでしょう。「大学はどこですか？　私立ですか？」なんて訊かれたら、「いやいや、私は東大ですよ」と答えながら、顎が上がっていると思うな。失礼なって意識が働いて。

人間は基本的に、他者と比較して「あいつより上だ」という意識をモチベーションに、ファイトを燃やす動物であります。そのエネルギーが有効に働くのならいいですが、概して保身に走りやすい。「バカにしないでくれよ。自分は今、こういう地位にいるのだぞ」という意味の保身ね。

その結果、無意識のうちに「威厳」と「威張る」をはき違えてしまうのです。「そんなに威張っているつもりはないんだけどなあ」と思っている人でも、ひょっとした拍子にそういう態度が出るものです。

「主婦は誰も助けてくれないの」

——阿川さんも女優として売れっ子になって、現場で偉そうになってませんか？

阿川　ぜんぜん売れっ子じゃないし！　未だにドラマの収録は初心者だから、偉そうにしたくても、そんな余裕はないし。

でも、かく言う私もときどき、学生時代の友だちに諭されます。中学時代からの友だちと一緒に旅に出たときのこと。買ってきたお弁当を車中にて開ける際、ドレッシングの入ったプラスチック袋がどうしても開けられなくて、隣に座る旧友に、「開かないの」と助けを求めました。その友だちが「ほらほら、開けてあげるわよ」と言ってくれるかと思いきや、一言、「自分で努力しなさい」「へ？」「あなたはね、テレビや雑誌の世界で仕事をするうちに、いつも周りにお世話してもらう癖がついているでしょう。主婦はね、誰も助けてくれないの。自分で努力するしかないの。あなたも裸の王様になる前に、自分で生きていく力をつけなさい」と。

私は平身低頭。たちまち反省。軽々に助けを求めず、必死になってプラスチック袋と立ち向かった末に、開きました。やればできるものですね。友だちの言う通り、知らず知らずのうちに、人を頼る癖がついていたのだと思います。

私のまわりにはいつも、秘書やメイクさん、担当編集者さんその他たくさんの若者たちがいて、いつのまにか助けてくれる環境が整っていました。上手にお化粧してくれるだけでなく、重い荷物を持ってくれたり、チケットを買ってくれたり、資料を集めてくれたり、時間管理をしてくれたり。周囲の指示通りに動いていれば問題は起こらない。私はいつのまにかそんな日常に慣れ、だんだん偉そうになっていたかもしれません。偉くもないのにね。

――フフフ、僕という担当のありがたみが、ようやく分かったようですね。

阿川　それはさておき、アナタのような会社員だって勘違いしてしまうリスクは高くなるんじゃないの？　昇格するたびに差別化が進むんですからね。自分はアイツより早く偉くなったぞって。競争の世界にいれば、そりゃ勘違いは大きくなっていく。そしてしだいに一般社会から乖離(かいり)する。

お客様は何より大事です。でも自分に給料を払ってくれる会社はもっと大事。そしてその会社の人事権を持つ上司やトップは、すごーーく大事。だから社長のまわりには、いつのまにか「おっしゃる通り！」と耳心地のよい言葉をかける人しかいなくなるんでしょうね。

ある空港で、飛行機を降りてロビーに出ようとしたら、ざざざっと人だかりがして、いきなり通せんぼをされました。私と、そばにいたおばあさんは、危(あや)うく転びそうに。何事かと思ったら、あいた通路を一人の偉そうな人がのっしのっしと歩いていく。まわりでガードしているのは、どうやらその偉そうな人の部下だったようです。「ほら、ダメダメ。ここは我が社長がお通りになる道です」とばかりに、肘(ひじ)で突き飛ばされたのです。

いったいどういう会社のどれほど偉い社長かは知らないけれど、もし突き飛ばされたおばあさんが、そこの大のお得意さんだったら、態度は違っていたのだろうなあと、じっと睨(にら)みつけてみたけれど、ぜんぜん気づかれなかった。

社員にしてみれば、大事な社長をお守りするのが最大の責務と思っているのでしょうが、そのために一般人に迷惑をかけても気づかなくなるのですかね。もっとも、これはいわゆる「忖度」に属することで、社長本人に「そこどけどけ」という意識はないのかもしれない。

だからね、会社や社長のためとはいえ、まわりの景色が見えなくなるようなことまではしないでくれと、そこに目が届き、きちんと部下に申し送ることのできる経営者は、偉いと思うな！　業績アップも大事だけれど、周囲の顰蹙を買うような商売の仕方はしないという意志を、社長が社員全員に浸透させられる会社の空気は、きっと爽やかでしょう。

そうそう、参考になる本を思い出しました。亡くなった城山三郎さんが翻訳された『ビジネスマンの父より息子への30通の手紙』で、カナダの実業家が自分の息子へ宛てた手紙をまとめて、世界中でベストセラーになった本です。その本を巡ってだいぶ昔、城山さんにインタビューしました。

ビジネスマンになるために参考になるエピソードが、本書にはいろいろ出てくるのですが、私にとって印象的だったのは、

「お腹がペコペコの状態で立食パーティに行ったら、人がたくさんいて、料理のテーブルまで遠い。でも、自分は倒れそうなほど、お腹が空いている。誰かが話しかけてきて

も無視をして、人ごみを無理やりかき分けて、がむしゃらにご馳走の載ったテーブルへ近づく。そういうあさましい態度を取ることは感心しない。ビジネスの世界も同じこと。周囲の迷惑になってもかまわず、とりあえず自分の欲しいものは『必要なんだからしょうがないだろうが』と、がつがつ手に入れようとする。そんなビジネスマンになってはいけない」

そんなような内容のことが書かれていたと記憶します。興味があったら手に取ってみてください。

視野の広い成功者になるためには、子どもの頃のダメな自分を知っている人に、ときどきチェックしてもらうといいかもね。

「立派な経営者になったねえ。昔は弱虫で、すぐ泣いてたのにね」

こういう一言にハッと目が覚めるときがあります。そうか、偉そうに振る舞っても、たかが知れているなと、自らの原点に立ち返ることができる。仕事の経験を積んで周囲に厳しくなることも大事ですが、損得関係のない友だちの言葉に耳を傾(かたむ)けることも必要だと思いますよ。

コマーシャルを即座に中断する判断

——ほかにも、尊敬できる経営者の共通点はありますか？

阿川　「失敗は成功のもと」にする力があるってことかな。どんな立派な経営者であっても、必ず成功するわけではない。躓いたり見誤ったりすることがあるはずです。自分のミスではなくても、会社に大きな問題が起きて、責任を取らなければならないこともあるでしょう。そういうとき、犯人捜しに躍起になってバタバタ騒ぐより、迷惑をかけた相手にいち早く謝って、いち早く対処する。社員がやらかした失敗であっても、堂々と責任を取る覚悟のある経営者はすごいと思います。これができるトップも実は多くないですよね。

パナソニック（当時は松下電器産業）の中村邦夫元社長は、同社が販売した石油温風機による事故が起きた際、すべての商品コマーシャルを中断させて、ユーザーに回収を促す告知コマーシャルに切り替えたんです。その実行の速かったこと！「すべて回収するまで通常のコマーシャルは出しません」という決断を、よくぞなさったものだと私は感動しました。

のちに中村元社長にお会いしたとき、僭越ながらそのことを申し上げたところ、

「誰でも失敗するんです。大事なのは失敗したあとの処置。そこで躊躇したらダメですね」

とおっしゃってました。社内外のコンセンサスを取ってからとか、マスコミに漏れないようにしばらく伏せておこうなどと、姑息なことは考えない。まっすぐに堂々と即

座に立ち向かう。これは企業のトップだけでなく、誰もが肝に銘じておくべき覚悟だと思います。勇気がいりますけどね。

成功者と言われる人も、ずっと継続的に成功しているわけではないですからね。あるベストセラー作家に、嫉妬も半分込めて、「いいなあ。ベストセラーになって」って言ったら、「あのね、売れた本の百倍、売れなかった本があるの！」って返されました。そりゃそうですね。売れている本が目立って、売れていない本が目立っていないだけなんですよね。

同じメンバーとばかりつるまない

――あと、もう一つくらいありますか？

阿川　あとはねえ……。うん、「出自を同じくする人たちとばかり、つるまない！」を心がけている人かな。母校の先輩後輩の付き合いを大事にするのはいいけれど、そういう人間関係だけに安住して、いつまでも学生気分の抜けないぬるま湯温泉に浸かって、外で嵐が吹きすさんでいるのも見て見ぬふりをしていると、いつかのぼせて、めまいを起こして視野が狭くなってしまうと思います。

私とて私立の女学校で中学高校を過ごし、経済的に困窮した経験もせず、父が恐ろしかったとはいえ死ぬほどつらい経験をしたわけでもなく、順当に大人になり、仕事も結婚も人より10年以上遅れましたけれど、その間に、自分の心地よいと思っていた世界がどれほど狭いところであったか、どれほど親と環境に守られていたかを何度も思い知らされました。今まで知らなかった世界や人や場所と出くわしたら、苦手意識を示さずに、恐る恐るでもいいから馴染(なじ)む努力をすることは大事だと思います。

——なるほど、さすが六十ン年、人生経験を積んでいらっしゃっただけあり、良いことおっしゃいますね。

阿川　そお？　少しは成長したかしらん？　ただ、この質問の方が、ビジネスで成功するためにもっとも大事なのは、「東大に入った」だけで、「一つクリアー！」な気分になっている自分から抜け出すことでしょうね。「これでとりあえず、社会のトップクラスの一員になったぞ」って思った段階で、慢心しているはずです。まあ、無理もないけれど。

私も若い頃は、学歴に左右されていた時期がありました。50年ぐらい昔の価値基準だから聞き流していただきたいけれど、大学と言えばやっぱりトップは東大、そして京大、私立なら慶應、早稲田あたり、なんて思っていましたからね、正直なところ。でもその後、社会に出て働き始めたら、出身大学なんて関係ないことをつくづく思い知りました。優秀で人間的に魅力があって才能に長(た)けていて、周囲への思いやりがあり、フェアな考え方のできる人って、東大、京大、慶應、早稲田の順ではまったくないですね。むしろ逆かもよ。あら、ごめんあそばせ、東大ちゃん。

もちろん東大卒で優秀な人もいるけれど、中には「受験勉強だけに明け暮れて、社会的訓練も人間的鍛錬もせず、それらの面倒はすべてお母さんに任せて大きくなっちゃった、視野も行動範囲も狭いお坊ちゃまお嬢ちゃま」みたいな人も少なくないからね。私の単なる偏見かもしれないけど、そういう偏見を覆すような、逆境や失敗に強い人間になったら、お金持ちになれるかも。

慢心と言えば、ゴルフでね。前のホールでバーディーとかパーを取ると、次のホールの第一打はだいたい失敗するものです。人間って驕るんですね、瞬時に。「私は上手！」って思った途端に、力が入る。図に乗る。もっと飛ばせると思い込む。その慢心をどう抑えるかがミソなのです。

逆に「もう半年もクラブを握っていないから、ボールがクラブに当たるかどうかすら自信がない」なんて言っている人が、素晴らしいショットを連打することがよくあります。そういうときは謙虚なの。「いいとこ見せてやる！」なんて思わない。ラウンドできるだけで幸せだという気持になっている。だから私はいつも大きな声で唱えます。「ああ、今日はこんないいお天気に、素晴らしい仲間に恵まれて、ゴルフをできるだけで幸せだ！」

思い切り謙虚な気持を示してみるのだけれど、それでも失敗する。どういうこと？

きっと叫んだあと秘かに、「よし、いいとこ見せてやる」と欲を出すからでしょうね。ゴルフをすると、自分がいかにちっぽけな人間かが、すぐにわかりますよ。相談者の方も、一度、ゴルフをしてみてはいかがでしょう？　「東大に入ったからといって、ぜんぜん俺はダメな人間だ」ということに気づくかもしれませんよ。

いずれにせよ東大に入ったからと油断して、失敗を恐れて狭い世界しか見ないままでいると、そのうち必ず学歴の高くない人たちに抜かれます。とんでもない不幸を抱えたら、本当はつらいだろうけれど、「しめた、チャンスだ！」と叫んでみてください。

結論
失敗したときには潔く、そして慢心しない。

同期入社の妻が自分より出世して、心中複雑です

社内結婚した同期の妻が私より先に部長になってしまいました。表面上は「おめでとう」と喜んでいるフリをしていますが、正直、心中複雑です。結婚したとき、あるいは子どもが出来たときに、会社を辞めさせておけば良かったかなと思っている自分に気づき、自分で自分がイヤになります。ボクって小さい人間ですか。（44歳、男性、会社員）

――これは他の同期が先に出世するより、複雑かもしれませんね。

阿川　そうねえ。複雑ではあるが、たしかにちょっと小っちゃいかも。

小説家の吉村昭さんは、何度か芥川賞候補になりながら受賞には至らず、妻である津村節子さんが芥川賞を受賞されてからは、旅先で「サインをしてください」と津村さんの小説を差し出されると、「津村節子内」と書いていらしたそうですよ（笑）。「奥様

が先に大きな文学賞を獲られて、コンプレックスはありませんでしたか?」と伺ったら、「いや、これでしばらくは自分の好きなように書けると思った」と。つまり奥様が稼いでくれる分だけ、自分には自由に書く時間と経済的余裕ができたとホッとなさったそうです。そういう捉え方のできる吉村さんって、「大きい人だ!」って思いましたね。

質問の方も、奥様が経済力はないのにお金のかかるタイプだったらどうか、と考えてみてください。自分が必死に働いて稼いできたのに、コイツは使うばっかりだと文句を言いたくなるんじゃないかしら。

でも、この奥様は、仕事ができて、おそらく人望も厚くて、しっかり稼いでくれる。ありがたいことじゃないですか。一家の主が情けないって思われることが嫌なんですか? そりゃ、まわりに揶揄されて傷つくこともあるだろうけれど、そういうときはニコニコと、「部長の夫です。助かっております!」と言っていればいいですよ。ビル・クリントン元大統領だって言ってたというウワサがありましたよ、「アイム・ヒラリーズ・ハズバンド」って。本心かどうかは知らんが(笑)。

男を上げるチャンス

――クリントン氏はすでに大統領になっていたからいいですけどね……。

阿川　でも当時、国民に圧倒的に人気があったのは、ヒラリーさんのほうだったでしょ。クリントン大統領も心中は複雑だったと思いますよ。そこをああいうジョークでかわしたのだとしたら、エラいと思う。

奥さんのほうが出世したダンナを揶揄する人もいるだろうけど、心配する人もきっといるでしょう。「なんだかかわいそう」とか「そこは触れちゃいけない」と話題を避けてしまいがち。そんなとき、眉間に皺を寄せていかにも不貞腐れていたら、親しい人たちもきっと「触らぬ神にたたりなし」で、そばに寄ってこなくなりますよ。

そこで、意地でもいいから笑い飛ばして、「ガッハッハ。妻には敵いません」と明るく受け答えをして、心では「負けてばかりはおれませんぞ」と仕事に専念する。そうしたら、きっとまわりの人たちは一気にホッとして、「あいつは大物だな」と思うでしょう。「妻も優秀だけど、その妻が惚れた男はさすがに人間ができている」と見直されるかもしれない。ここは男を上げるチャンスです。嫌なことの裏には、何か必ずメリットがあるはずです。

女優の南果歩さんから教えていただいたのですが、アメリカには「キャンサー（がん）ギフト」という言葉があるそうです。がんを宣告されればもちろんショックだけれど、がんになったことがきっかけで知り合った人が、人生の貴重な親友になるかもしれないし、素晴らしいお医者さまと出会えるかもしれないし、今まで気づかなかった自然の美しさや家族の温かみを再認識するチャンスになるかもしれない、という意味です。

「だから私は、がんになってよかったと思ってるの」って、果歩さんは目をきらきらさせて話してくださった。「生きてさえいれば、なんだってできる！」って思えるようになったんですって。恨みたくなった男はいるけれど、その人に対してでさえ、「試練を与えてくれてありがとう！　って素直に感謝してる」って。

その話に感動して、気づいたんです。今なら「コロナギフト」もあるなってね。つらい目に遭ったり経済的に苦しくなったり、ずっと蟄居して外出が許されない状況になったりと、デメリットを探せば山のようにあるけれど、逆に見えなかったものが見えるとか、気がつかなかったことに気がつくとか。探せばきっと何か「得したこと」は出てくるはずですよ。

私の場合には、それまで死ぬほど忙しかったのが、仕事が減ったことで原稿仕事とゆっくり向き合える時間ができました。三度のご飯を作らなきゃいけなくなったけど、おかげでレパートリーが増えたし、バルコニーの緑に水をやる余裕もできた。それまでは緑を放ったらかしにして、けっこう枯らしていたのでね。

あと、車の往来が少なくなったせいか、空の青さが際立って、月が美しくなって、人間の経済活動が滞ったことで、自然はホッとしているのかなと思ったりしました。不自由になったり、今までできていたことができなくなったりするぶん、どこかにメリットが生まれるのではないかと思うんです。

コロナ以降、家族と接する時間が多くなった方々も多いでしょうし、夜遅くまでへとへとになって働いていたレストランの従業員たちが、少し健康的になった気がします。私の知り合いのレストランのスタッフと久しぶりに会ったら、なんだかスリムになっていたので、「ええ？ コロナ太りしてないの？」って聞くと、「逆です。コロナのおかげで晩ご飯を6時頃に食べられるようになったので。以前は仕事を終えたあと、毎晩夜中に食べてましたからね。健康的な生活になりました」と笑っていました。

経営が苦しくなるのは本当につらいと思うし、胸が痛むけれど、資本となる身体を休ませる恰好のチャンスになったとしたら、よかったこともあるんだなあと思えないでしょうか。サラリーマンも仕事帰りに居酒屋で飲む機会がなくなると、顔のむくみなんかが取れて健康的になった人、多いでしょ。悪いこともあれば、いいこともあるんですよ。

「妻の七光り」を肯定的に

――この相談の方も、妻が先に出世してよかったことを考える、と。

阿川　箇条書きにしてみれば？ 奥様が出世したおかげで助かったこと、楽しくなったこと、発見したこと、気づいたこと、新たに始めてみたこと。指折り数えて、メリットを書き出してみる。

たとえば自分のほうが会社から帰ってくるのが早ければ、母親抜きで子どもと内緒話ができるようになって、信頼を得るようになったとか。晩ご飯の準備を担当するようになって、料理の面白さを覚えたとか。前から食べてみたかった酒の肴（さかな）を自分で選べるようになったとか。経済的負担が軽減されたので、自分のお小遣いが増えたとか。「妻の七光り」を肯定的にとらえてはいかがでしょう。いちいちひがんでいると不機嫌な日が多くなって、それは結局、家族や同僚とギクシャクすることにもつながっていきますよ。

――僕がこの方の立場だったら、それでもついつい、デメリットに目が行っちゃうと思いますけどね。

阿川　だったら、メリットだけでなく、ついでにデメリットも箇条書きにしてみたらどうかしら。番号をつけて、書き出してみるの。書いてみると、なんだ、そんなことに不満を抱いていたのかと、自分で呆（あき）れるかもしれません。

そして、時間をおいて箇条書きにしたメリットと見比べて、解決したデメリットは一つずつ消していく。あるいは足していく。そのうちに、「おお、メリットの数のほうが多くなっちゃった」ってことになれば、もう安心。ちっちゃな人間が、大きくなった証拠です。

心ない人が何か言ったりすることもあるでしょうけれど、そんなときのための「粋（いき）」

なシャレ」も、思いついたときに書き留めておけば、きっと役に立つ日が訪れます。
「ヒラリーズ・ハズバンド」を越える極上のシャレを、考えてみてください。

結論
「ヒラリーズ・ハズバンド」の精神で行きましょう。

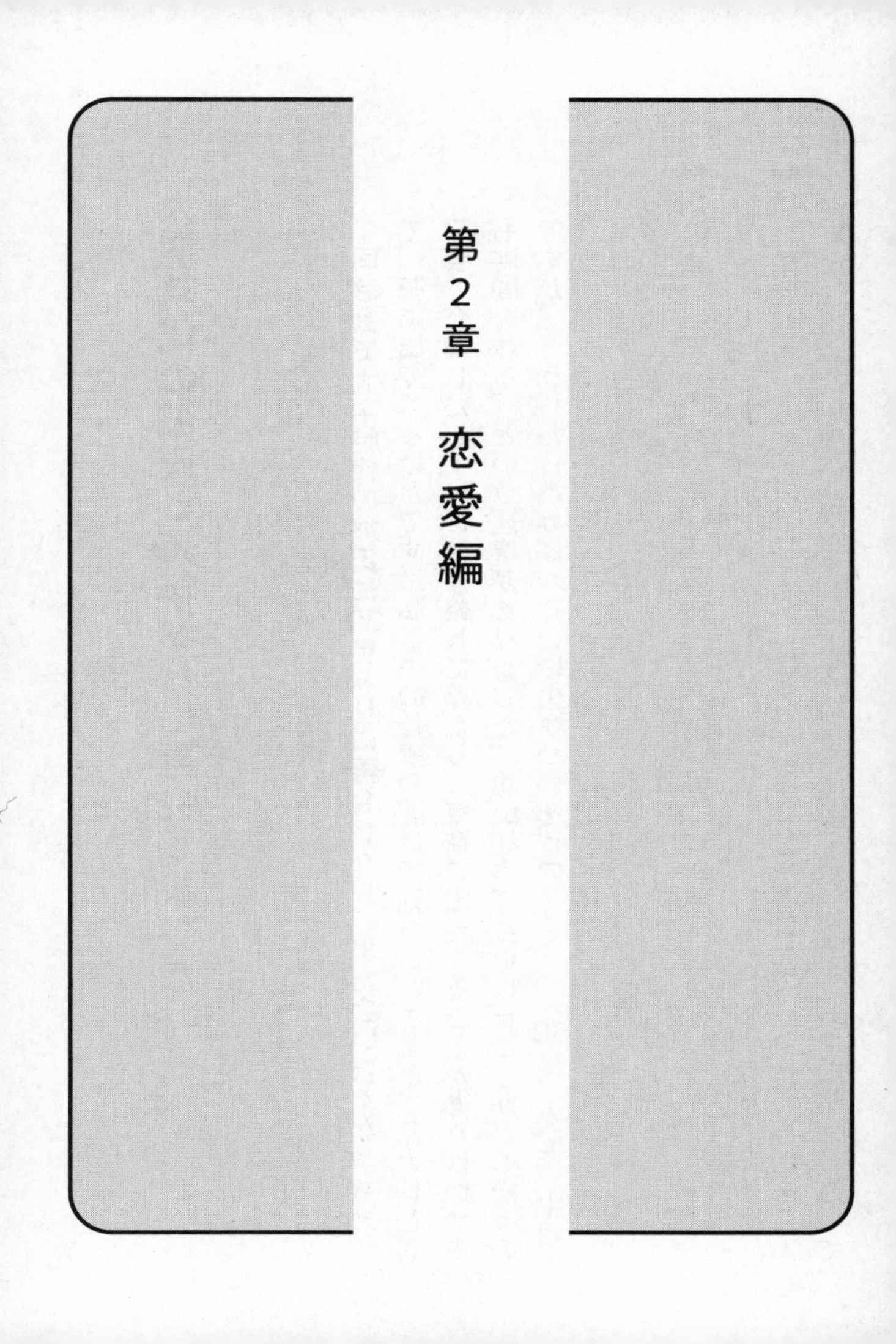

第2章　恋愛編

大学時代の彼氏と30年ぶりに再会しました

同窓会で大学時代の彼氏に30年ぶりに再会したら、また会いたくなっちゃって、夢に出てくるほどです。私は夫の仕事の関係で地方にいますが、元カレと同窓会で交換したLINEに連絡してみたら、東京に出てくることがあればいつでも時間を作る、という返事がありました。思い切って会いに行こうかとも思うのですが、そうしたら焼けぼっくいに火がつきそうで……。（53歳、女性、主婦）

――危険な匂いがしますね。

阿川　会いに行ったら、必ずや火がつくな。

――火がついちゃいますか！

阿川　予感しているくらいだから、ご自分でもそれを期待しているところがあるんじゃない？　だいたい若い頃のカレというのは、今さっき初めて会った相手と違って、自分のことをよく知ってくれているという安心感がある。そこにノスタルジーも伴ったら、もうあっという間でございましょう。

一方で夫との関係は、どんなに惚れ合って結婚したとしても、もはや〝生活〟になっているだろうからね。だからこそホッとするんだけど、今さら夫にドキドキはしないでしょ。それは夫にとっても同様でしょうけどね。

――阿川さんは結婚して4年で、もうそんな境地に達したんですか！

阿川　あのね……。まあ、だいぶウチもそうなりつつあるかも。うーむ、どうだろう。夫婦って、もともと他人なんだけど、生活を続けているうちに、家族になり同志になり共同生活者になり、そして何よりもっとも気を遣わなくて済む相方になるわけですよ。スッピンの顔を見られても恥ずかしくなくなって、オナラをしても互いに驚愕しなくなる。でも外敵からは家族として力を合わせて守りますよという暗黙の信頼関係がある。だからこそ大事な存在ではあるけれど、「嫌われたらどうしよう……」って感じの緊張感はなくなるもんね。ってことはドキドキしなくなる。昔はなぜこの人にドキドキしたのか思い出せないぐらい、なくなるね。そうなると、私のあのドキドキ感はいったいどこへ行っちゃったのかしら、ああ、もう一度、ドキドキしてみたい。なんて夢見るわけです。そんな頃合いに、「会いたくて体が悶えちゃう！」なんて人が突如、目の前に現れたら、そりゃ、そっちへなびきますよね。

ま、同じ人間が作った家庭料理ばかり食べてると、たまには違う味の、違う雰囲気の、違う場所の料理が食べたくなるようなものなんじゃない？「自分はあっさり味が好みなんだ」と決めていたのに、こんなにおいしいものが世の中にあったのかって衝撃を受けるような。「あっ、こっちのほうがだんぜん好きだわ！」と、その瞬間は思うわけです。でも、刺激のあるものは必ず飽きますからね。

——そうか。じゃあ、この女性も刺激を求めて、元カレに会ったほうがいいのかな。

阿川　どうかしら。どうしても会わないと気持が収まらないのなら会いに行ってもいいでしょうけれど、会ったあとのことをきちんと想像して、どういう面倒が起こりそうか、そのトラブルに自分で対処できる自信があるか、会う前にちゃんと考えておいたほうがいいと思いますね。でも、再会しても早晩、「刺激的な料理は三日が限度だな」って気づくと思う。「やっぱり豆腐は湯豆腐がいちばんだね」とかね。

普段の単調な生活が、実はかけがえのないものだと再認識するために、リスクを承知で会いに行くなら、意味があると思います。

いまの私、なんか変じゃない？

——阿川さんはご主人とラブラブで、元カレと再会してもびくともしないかもしれませんが、世間では、深入りしてしまうケースもあるんじゃないですかね。

阿川　「びくともしない」なんて言葉は当てになりませんね。ちょっとしたきっかけで一瞬のうちに「びくともしちゃう」ことになりかねないから。そこは普段の心がけ次第でしょうなあ。「びくともしそう」になったとき、ドキドキ感はさておいて、この人のどこが私を支えてくれているのか思い出すの。支えてもらってますからね。

私のことはさておいて、確固たる信念を持って「元カレに乗り換えたい」ということなら、それはもうしょうがないでしょう。誰も止めることはできません。そういう気持になる原因は、元カレ出現以前、現在の夫婦間になにかあるだろうし。そこはご自身でよくよくお考えになったほうがよろしいんじゃないでしょうか。

話は変わるけど脚本家の大石静（おおいししずか）さんは、私との対談本（『オンナの奥義』文春文庫）で、「恋愛のピークで死にたい」とおっしゃったの。私、驚いちゃって、「そんなの嫌だ」と思いましたね。せっかく恋愛の頂点まで来たのに、そこで死んだらもったいないでしょうに。それに私としては、どちらかといえば恋愛は頂点より、頂点のあととか、頂点の前のほうが好みです。「今日、これから会いに行く」っていう電車の中とかね。あるいは、互いの性格も嫌いなところも理解し合った段階になって、どうでもいい日常的な場面や仕草で、「あ、この人、私のことを思ってくれてるのね」と感じる瞬間とかね。もちろん大好きな人と運命的な出会いを果たして、緊張してドキドキして激しく体も燃えてという、そういうシーンも悪くはないけど。なんかそういう時期って、ちょっと恥ずかしくない？　だいたい人間、極度にのぼせているときって、あとで考えるとメチャクチャ恥ずかしいでしょう。

——へえー、阿川さんにも、そんな経験があったんですね！

阿川　アータね、そりゃ私にだって昔はいろいろございましたですよ。もちろん恋に溺れている喜びというのはあるけど、同時に「いまの私、なんか変じゃない？」「まわりから『あいつ、おかしいよ』って思われてない？」ってことのほうが気になって。一時的に「なんか変」な状態になるのはいいんだけど、それがずっと続くとシンドイ。感情の起伏の激しさや周辺の人間関係に疲れてしまいます。

だからね、私が大石さんに申し上げたのは、じゅうぶんに燃えたあと、すっかりカサカサに枯れる前くらいの、「時々トンガラシ」状態がいいと。単調だなと思う生活の中で、たまーに「あら、この人、やっぱりステキだわ！」って再認識して小さなドキドキ？　ときどきドキドキ？　再燃するくらいの、ほどよい興奮とか刺激とかがある関係が、私は理想です。

——いまでも「時々トンガラシ」してるんですか？

阿川　してるって……、どういう意味ですか。なにを想像してるんだね、君は！　そういう話ではないの。時々「あー、やっぱりこの人好きだな」と小さく心を躍らせるという意味では、してますよ。

ただ夫婦経験の浅い私が申し上げるのもナンですが、夫婦の形態って、それぞれだからね。他人がとやかく正論を吐いたところで、それがその夫婦にとって最良のカタチかどうかはわからない。

たとえば、夫を尻に敷いてるように見える奥さんでも、旦那様にとってはその強さが必要だというケースはあるでしょ？　落合博満さんを見よ、野村克也さんを見よ！（笑）　沙知代さんが世間でどんなに叩かれようと監督には関係なかった。むしろ自分のパートナーが周囲にどう見られようと自分の気持がぶれない人って、本当にカッコいいと思いますよね。

そういう意味では、「ウチの夫婦はどこが合っているんだろう」とか「私にとって旦那はどこが魅力的なのだろう」なんてことを再確認するために元カレに会いにいくのなら、無駄ではないかもしれません。でも、「毎日トンガラシ」は、そんなに続かないと思う。

結論
「時々トンガラシ」を忘れずに！

不倫相手が私のお店に家族を連れてきました

飲食店を経営しています。ひょんな流れで女性のお客さんと関係を持ったら、彼女が夫と子どもを連れて来店しました。「この通り夫もいるんだから、もう、これっきりにしましょう」というメッセージなんでしょうか……。正直、戸惑っています。

（36歳、男性、飲食店店主）

——何ですかね、この女性。訳わかんないです。

阿川　まあ、女の考えてることは、男には理解できないでしょうねえ。逆もそうかもしれないし。だから、互いに呆れたり苛ついたりしながら、いつまで経っても飽きないんじゃないの？

ベストセラーになった『妻のトリセツ』で、著者の黒川伊保子さんが、〈妻は共感を求め、夫は対処法を考えようとする〉と書かれていて、これには私も深く頷きました。

たとえば妻がピンヒールを履いて転んだら、その騒動を誰かに聞いてもらいたい。そして、「大丈夫だった？」とか「私も昨日、コケそうになったのよ」とか共感してほしいわけです。でも、夫は「そんな危ない靴をそもそも履くことが間違っておる。もっとペッタンコな靴にすればいいじゃないか」と解決策を言い始める。そういうアドバイスを聞きたくて話したんじゃないんだよなあって、妻は思うわけ。すなわち、オンナは共感を楽しみ、オトコは解決策を求める生き物なんですね。

――それが、今回のケースにも当てはまるんですか？

阿川　とりあえずオトコには理解できない行動だもんね。なにかこの女性には自分なりの理屈があるんだと思いますね。

私自身はこういう大胆な行動は取れないと思うけど、もしかしてこれは、「私にはこの通り、家族がいるから関係は終わりにしましょう」という別れのメッセージではなくて、むしろ「こちらが私の家族です。どう見えます？　でもあなたのことを好きなの。どうすればいい？」という挑戦状の提示なのでは？「私の家族を見た後で、あなたの気持を確認したいの。さあどうする？　もう止める？　それともこの関係を続けます？」と相手の気持を探るための行動なのではないでしょうか。

――えーっ！　わざわざそんなことしなくてもいいじゃないですか。万が一にも夫に気づかれてしまうかもしれないし、そう思ってるんだったら、ＬＩＮＥかメールで伝えればいいじゃないですか？

阿川　でもLINEやメールじゃ、実感は伝わらないものね。だらだらと文字で説明するより、実物と対面させたほうが面倒臭くないし、空気は伝わりやすいでしょ。夫と子どもを連れていって、直に相手の真意を探りたい、自分に対する愛の覚悟の度合いを知りたい、そのほうが手っ取り早くない？　言ってみればドラマのヒロイン気分かな。自分を愛してくれている男が二人、自分の前で決闘して、その戦いぶりを見て、すっきりさっぱりどちらを選択するか決めるって感じ？　つまり、自分でも決めかねているから、ならいっそ、同じ現場に二人並べたほうがじっくり比べられて、このモヤモヤに踏ん切りがつくってことかもね。

　そもそも、もしこの女性が最初からこの関係に終止符を打ちたいと思っているなら、それこそLINEかメールのほうが早いでしょう。逆にこっそり関係を続けようとしているなら、わざわざお店に夫を連れてくる必要はないわけで。迷っているんですよ、自分自身が。だからいっそ会わせちゃおうってね。

別れた彼氏を結婚式に呼ぶ

——阿川さんもいざとなったら、こういう手を使うタイプですか？
阿川　私は無理。こんな大胆なことはできませんね。リスクが大きいから。かつてある人から「アガワの中にはオジサンが潜んでいる」と言われた女です。私って考え方が半分、オジサンらしい。でもときどきいるよね、こういうタイプの女性。別れた彼氏を結婚式に呼ぶとかね。あ、でもオトコにもいたような気がする。元カノを結婚式に呼んだ人。チャールズ皇太子かしら。ほほほ。まあ、それはいろいろ事情があったのでしょうけれど。ただ、男が昔の彼女を呼ぶ場合は、まだ好きだという意思表示をしたい気持が強い気がするけど、女が別れた彼氏を呼ぶのは、もはやそういう恋愛感情はいっさいありませんという場合か、さもなくば、「私はこんなに幸せになりましたけど、なにか？」って見せつけたいって気持があるときか、どちらかでしょうねえ。

　さて、話は逸れましたが、この質問についてアドバイスするならば、「利害関係が生じるリスクの大きいお客様とそういう関係を持つときは、よくよく覚悟を決めてお付き合いくださいませ」ってところでしょうか。あるいは、騒動が収まったのち、「聞いて聞いて。俺ってこんな怖い目に遭ったことがあるんだよ」って友だちに話して、盛り上がって、共感を得るのも楽しいですよ。女性の気持が少しわかるかも。

結論

「さあ、どうする?」という挑戦状と受け止めましょう。

付き合って4年の彼氏と最近セックスレスになっています

同じ歳の彼氏と付き合って4年になりますが、最近、セックスをしてくれません。他に女性ができた感じはなく、仲はいいのですが、旅行に行っても早々と寝てしまいます。こんな時、女性のほうから迫ってもいいものでしょうか。

（30歳、女性、会社員）

――「自分から求めていいのか」と悩む女性は少なくない気がします。

阿川　私が20〜30代の頃は、今よりはるかにおしとやかだったから、女性の自分から男性に声をかけるなんて、とてもできませんでしたよ。「この人好きだな」と思っても、「付き合ってください」なんて言うことすらできなかったから、まして自分から「セックスしたい！」なんて、私は言えないと思う。今なら言えるけど、もはやそういうチャンスと実力がない（笑）。

まあ、一緒にポルノ映画でも見るとか、さりげなくしなだれかかってみるとか、そういう手もあるでしょうが、それは気が引けるということなら、ショック療法はいかがですか？

――女性からいきなり「一緒にポルノ映画見よう」って誘われるだけでも、かなりのショック療法ですよ（笑）。

阿川　それ以上の手があるかもですよ。松重豊さんが主演した『ヒキタさん！　ご懐妊ですよ』って映画、知ってる？　北川景子さんと夫婦を演じていて、一回り以上も歳が離れたカップルという設定なの。

松重さんは初老を越えたくらいの役どころで、このまま二人の生活が平穏に続くものだと夫は思っていたら、あるとき妻から、「ヒキタさんの子どもに会いたい」と言われ、不妊治療を始めるという物語です。

男性は「あなたの子どもに会いたい」なんて殺し文句、ちょっとドキッとするでしょう。女性からそんなこと言われたら一種のプロポーズにもなるけれど、少なからず嬉しく感じるんじゃないでしょうか。

なぜその気がなくなったのか？

――なるほど、二人の関係がマンネリ化していたのなら、ステージが変わる感じはありますね。

阿川　でも、そもそも彼になぜその気がなくなったのか。その問題について考える必要があるんじゃないの？　仕事が忙しくて疲れているのかもしれないし、セックスそのものが元々そんなに好きではないのかもしれない。あるいは、彼女との関係に刺激がなくなってしまったのかもしれませんよね。

悶々（もんもん）としているなら、とりあえず話し合ってみたらいかがでしょうか。「なぜセックスをしなくなったんですか」と。それで、「元々セックスが好きじゃないんだよ」と言われたら、この先のことも含めてよく考えてみる。「それでも、この人と結婚したい。この人といることが、自分にとっては安らぎだ」となるのか、はたまた「えっ、まだ30歳なのにそれですか！」と失望するのか。今後の人生をしっかり検討するいいきっかけにもなるかもしれません。

もし疲れているという理由なら、そこは改善の余地があるでしょう。二人でのんびり温泉にでも行ってみるか、その気になるまで焦（あせ）らずに待つとか。それで頃合いを見はからって、色気のある雰囲気を出してみる。

セクシーなネグリジェを着てみるとか、ポルノ映画を借りてくるとか。その気にさせようと努力をしている姿が、健気（けなげ）に見られるかもしれませんよ。

あるいは不意打ちはどうでしょうか。「え、こんな時間に？」とか「ここで？」とか、相手が戸惑っているうちに進めてしまう。彼も意外な展開に燃えるかもしれないじゃないですか。「えっ、ご飯を作ってる最中に？」とか「玄関でかよ！」とか（笑）。

――次から次に、スラスラ出てきますねぇ……。

阿川　なんか興奮しちゃうね、フフフ。映画でも、「えぇーっ？　こんなとこで？」というシチュエーションでのラブシーンはドキドキするじゃないですか。『郵便配達は二度ベルを鳴らす』で、ジェシカ・ラングが台所のテーブルの物を全部手で払い落としてコトが始まるシーン、すごかったよねえ。さらに古い映画で言うと、『誰が為に鐘は鳴る』では、喋っているイングリッド・バーグマンの口を封じるようにゲイリー・クーパーがキスするの。あれは衝撃的だったなあ。キスをされるなら不意打ちに限るって、若い頃、憧れましたよ。「さぁ、しましょう」みたいなのじゃなくて、「えっ！」とびっくりするようなキス！　いいと思わない？　そういうのは男性でも燃えるんじゃないですか？

――……4年も付き合ってる彼女だと、ちょっと引くかも。

阿川　そお～？　じゃあね、ご飯を食べて一杯飲みながら、ほろ酔いぐらいになった時点で、「ちょっと話があるんだけど」と切り出すのはどう？　「最近こういうことが全然ないのは、何か理由があるのん？」って可愛く迫ってみる。仲がいいんだったらできるんじゃないですか？　もし、「実は他に彼女がいるんだ」と言われたら、「ガーン！」となるでしょうが、それはそれで一つの結論は出ますよね。ずっと騙されているよりはマシかも。

でも、まだ30代で4年付き合っていて、その気はなくなったけど仲がいいのだとしたら、「僕は元々淡泊なんだ」という線が強いような気がする。もし他にセックスフレンドがいるとしたら、よほど騙すのが上手な人なんでしょうけれど、4年も付き合っていたら、どこか挙動で分かるでしょう。

セックスは男女の付き合いの中でかなり重要なポイントだとは思いますけど、酸素ほど必要なものではないもんね。なかったら死ぬというほどのものではない。

男女の関係って、夫婦でもカップルでも、付き合いが長くなるうち徐々にセックスレスになって、「これはこれで穏やかな日々だなぁ」という、落ち着いた関係に発展するのが普通ではないですか？

長い人生の中で、それがだいぶ早く来たなと思って、それでも幸せだと思うのなら、その関係を大事にすればいいし、やっぱり嫌だ、もっといっぱいセックスしたいもん！というのだったら、よく話し合って人生の選択を修正すればいいと思います。

セックスって、なければないで、幸せになれる道は他にもたくさんあると思いますよ。

結論
迫るのもいいけど、まずは原因を話し合いましょう。

70歳の母に好きな人ができて、亡父が悲しんでないかと心配です

父が10年前に亡くなり、母は70歳で元気なのは良いのですが、最近、同じ年くらいのカレシが出来たみたいで、「会うたびにトキめくのよ」なんてノロけられます。幸せそうなのはめでたいですけど、パパっ子だった私は、父があの世で悲しんでいるんじゃないかと思い、素直に喜べません。母とどう接すればよいのでしょうか。
（40歳、女性、会社員）

――これは、やはり娘さんからすれば、複雑な思いでしょうね。

阿川　でも、いいじゃないですか、これから子どもができる心配があるわけじゃないし、遺産のもめ事も起きないんでしょ？　ん？　起きるの？（笑）　それ以前の感情的な不快感でしょうかね、この相談の方のお気持は。お母さんが父親以外の男に夢中になっていることが許せないのだと思いますが、一人きりになったお母さんの心や日常を

支えてくれる人がいるのは、ありがたいことですよ。

——ってことは、阿川さんも、もしご主人に先立たれたら、老いらくの恋を楽しみたいわけかぁ……。

阿川　ふふふ……わかんないぞお（笑）。私には反対するような娘もいないし。でも、この娘さんの立場からすれば、お母さんが浮気しているみたいに見えるのでしょうね。ただね、この娘さんにも家庭があるとすれば、自分の家庭のことでじゅうぶんに忙しいでしょう。もしそこに、亡くなったお父さんのことだけを考えて——まぁ、そういう未亡人は滅多にいないんですけど——毎日溜め息ばかりついて生活している母親がいたら、大変ですよ、心配で。でも娘としては母親のことばかり気にかけているわけにもいかない。

それより、夫を亡くした悲しみからはすっかり解放されて、その恋人さんとご飯を食べたり旅行へ出かけたりして、溌剌（はつらつ）と日々を過ごしているお母さんがいてくれたら、それは楽よぉ。健康長生きの秘訣（ひけつ）の一つはときめきだと言いますよ。70歳にして恋を楽しめるなんて、ステキじゃないですか。

——子どもとしては、そのカレシが信頼できる人なのかも、気になりますよ。

阿川　そりゃ、その男に騙（だま）されているとか、財産を食いつぶされているとか、借金を負わされているとか、お金が関係してくると話は別ですけどね。まして被害が娘にも及ぶことになるならそれは問題です。でも、金銭的に互いに独立した大人のお付き合いをしているとしたら、それは素晴らしい老いらくの恋ですよ。いつまで続くかはわからないけれど、もしかしてその男性が丈夫でちゃんとした方ならば、万が一、お母さんが病気になっても、面倒をみてくれるかもしれない。介護するとき、一人でも誠意のある協力者がいてくれると、娘さんも助かると思うなあ。

恋に年齢制限はない

――だけど、結婚するってことになると、諸手(もろて)をあげて賛成はできないのも分かる気がします。

阿川　結婚するかもなんて、今から心配してもしょうがないし、若いときと違って、結婚しなくても十分幸せかもしれないわよ。なんかこのお問い合わせの方、自分の娘がボーイフレンドを連れて来て急激に不安になっている母親の心境ですな。

私の友だちのお母さんは90歳近くで亡くなられたのですが、社交家でたいそうな美人で、旦那様はだいぶ前に亡くなられたんだけど、未亡人になってからも活動的で。未亡人になったあと、ブランドショップのマネジャーをやったり、若い友だちを集めてワインの会や日本酒の会をなさったり、それこそ未亡人生活を謳歌(おうか)していらした。

そのうち、その方のお嬢様から「母ったら、若い恋人ができちゃったらしいの」って報告を受けて。たくさんいるボーイフレンドの一人ぐらいだろうと思っていたら、本気で愛し合っていらしたんだって。で、その後、少し認知症が始まってからも、年下のボーイフレンドがずっと彼女のそばにいて、ラブラブだったんですって。80歳くらいでそのボーイフレンドと知り合って、亡くなる直前までお幸せだったそうですよ。再婚することはなかったけど、お嬢様としては「感謝しかない」って言ってました。

もちろんお相手にもよるだろうけど、百歩譲って、質問者の娘さんも、ちょっとだけお母様の気持とか人生について考えてあげてみてはいかがでしょう。

もし自分が未亡人になったあと、心ときめく人に出会っちゃったと想像してみたら？　恋に年齢制限はないですからね。過去は過去。今は今。これからお母様が過ごす日々が、もしドキドキに満ちていたり、人に愛される安心感を持つことができたりしたら、きっと最期まで悔いのない人生になると思いますよ。

結論
70歳で恋ができるのは、いろんな意味でめでたいことと思いましょう。

近所の女子中学生が公園でイチャイチャしてます

近所の中学生の女の子が、同級生らしき男の子と付き合っているようです。それはまあ良いのですが、公園などでかなり際どいシーンを何度も見かけます。ご両親のこともよく知っているので、伝えようかとも思うのですが、かえって気まずくなりそうです。

（43歳、女性、主婦）

――なんですかね、このオマセな中学生は！　張本（勲）さんに「喝！」をお願いしたいですね。

阿川　「喝！」ができるならそれでもいいけれど、他人様の子どもを叱りつけるのは、女性にはなかなかハードルが高いですよね。むしろ、目撃してしまったら、「おっとっとー」と言ってニッコリ笑って通り過ぎるとか、「ご両親に伝えたりはしないけど、気をつけなさいよ」とか、明るくさりげなくユーモアもちょこっと添えて、「人目がありますよ」ということを喚起（かんき）するほうが、いいのではないですか？　あるいは反対に、「喝！」を、張本さんのようにコミカルに叫んじゃうとか。

どちらにしても、若い二人が一瞬、固まって、次の瞬間、ちょっと笑える方向で、その場の雰囲気を一変させないと、目撃したほうのモヤモヤは解消されないでしょうね。

――しかし、この中学生カップル、家の近所でイチャつくとは、ずいぶん大胆ですね。

阿川　家の近所は危険っていう発想は、殿方はおしなべてお持ちのようですなあ。ふふふ。でも中学生だからねえ。行動範囲が限られていると、どうしても「安全」と思う物陰は見知らぬ場所にはならないんじゃない？　よく行く公園とか学校の裏手とか？　どうかしら？

15年ほど前の話ですが、ある産婦人科の先生に、初体験の平均年齢は中学3年生くらいと聞いて驚いたことがあります。ということは、早い子は小学校6年生くらいで経験しちゃうってことでしょ？　そういう時代なんでしょうかねえ。最近の女子は身体の成長も早いしね。私たちの世代の尺度（しゃくど）から考えると、肉体的にも精神的にも、違う時代になったって感じですかね。

そうは言っても、日本にはまだ「世間の目」というものがある。たとえば、人目をはばからずに街中でイチャイチャしているカップルは世界中にいて、欧米人は屋外でのキスもハグも当たり前。その点、日本人はまだ「人前」で「はばかる」気持が強いような気がします。

この二人は動物の行為として見れば、まことに健全だし、現にあらゆる動物はぜんぜん「他人の目」を気にしている様子はないもんね。ライオンが気に入ったメスを見つけて近づいていって、運良く相手のメスも「いいわよ」と同意して、「よっしゃ」とばかりにオスがメスの背中にのしかかろうとするとき、「ちょっと、みんなが見てるから、あっちの草むらに行こうよ」なんて相談している光景は、私の好きな番組、「ダーウィンが来た！」（NHK総合）でも、見たことない。堂々となさっておられますよね。

ま、動物と比較するのもナンですが、日本人にはいまだに、羞恥心とか公共意識が文化として存在するのであって、どれほど欧米化したとはいえ、伝統的に守ってきた「羞恥の心」や「人目をはばかる」という精神も、けっこう大事なのではないかと。まんざら無視できないと私は個人的に思うのであります。だからね、「君たちの純愛を邪魔するつもりはない」と思いつつ、「でも、ちょっと遠慮がちに、いきましょうよ」と言いたくはなりますよね。

今は子ども向けのコミック雑誌なんぞ覗くと、大人向けの雑誌でもないのに、セクシャルな場面がものすごく細かく描かれていて驚くことがありますよ。日本って、欧米に比べて「人前ではよろしくない！」って教育するくせに、商売となると、「子どもの性教育」なんておかまいなしでしょう。

むしろ派手そうに見えるイタリアでは、テレビ番組で「子どもの教育によろしくない」と思われるものは放送しない、あるいは深夜放送に限ると聞いておりますが。

いずれにしろ、そちら方面のものを、大人はひたすら子どもの目につかないところに隠し、「まだ見ていい年齢ではない！」と厳しく取り締まるからこそ、子どもはそういうものを大人に隠れてこっそり見たがり、いつの日か自分も！　と憧れて、実践したくなる。その「やってはいけない」「見てはならぬ」境界線があることこそが、「性教育」には大事なのではないかと、わたくしは考える次第であります。

でもねえ。一方で、「最近の若者はセックスに興味を示さず、バーチャルな世界だけで満足しているのは困りものだ」と憂えて、あるいは「性の問題はもっと大人が論理的に早いうちから教育すべきだ」と、やたらに堂々とセックスの話を持ち出して、でもいざ、子ども同士がイチャイチャする場面を見ると、「道徳的にいかがなものか！」って叱りつけるんじゃ、子どもはどっちなんじゃいって戸惑うんじゃないかしら。

私は昔気質の女でございますから、こういう問題は、大人に隠れて興味を持って、いずれ「はああ、そういうことでしたか」と自然に理解するというのが、いちばんいいのではないかと思うのですけどね。情報が溢れすぎている気がする、今の時代は。だから最初から不潔なものだと想像して拒否する子どももいれば、頭でっかちになって性の問題についてさっさと大人になってしまう子どももいたりするのではないの？

ピンク・レディーの「ペッパー警部」はどう？

――しかし、部屋の中でやるならまだしも、公園だと小学生とか小さな子どもに対して、教育上の問題がありませんか？　そもそも、明らかな〝濃厚接触〟だし。

阿川　アータ、私より厳しいわね（笑）。どうしても叱りたいなら、親にチクるんじゃなくて、本人たちの前で堂々と叱ったほうがいいと思いますね。そのほうが大人としてカッコよくない？

「何してるのそんな所で！　人目があるぞ！　やるならもう少し隠れた場所を選びなさい！　だいいちここだと、お母さんに見つかっちゃうでしょうが！　おばかさん！」とか。そう言って、あとは平然と通り過ぎる。

私はちょっとできないかな。やるとしたら、予行演習しないとな。声が震えちゃったりしてもカッコ悪いしね。公園で大きな声出す練習しとかないとね。

――練習するほどのことですか！（笑）でも、直接注意するのって、なかなかやりづらいですよね。

阿川　子どもを直接叱るおじさんとかおばさんって、最近はいなくなったものね。レストランとかでうるさい人がいても、お店の人に「ちょっとあそこ、うるさいんですけど」って訴えるほうが圧倒的に多くて。直接関わりたくない人だらけでしょ、今は。いつから「代理人文化」になっちゃったのかしらねえ。まあ、下手に叱りつけて、逆ギレされて暴力振るわれて、命が危険にさらされることもあるからねえ。難しいところではありますが……。

たとえば木の陰かなんかに隠れて、声だけで、「見られてるぞ！」とか「早くウチへ帰りなさい！」とか、「はい、そこまで！」とかって叫ぶのはどうかしら（笑）。匿名コース。誰だかはわからない。カッコいいとは言えないけどね。

あとね、携帯から突然、大音量で音楽を流す。できるだけコミカルなヤツ。ヒゲダンスのテーマ曲とか「笑点」のテーマ曲とか吉本新喜劇の曲とか。どう考えても吹き出しちゃうような音楽を流す、あるいは歌い出す！

それか、焼きいも屋さんのような声で、「焼きいもー、石焼きいもー。はい、そこのお嬢ちゃんお坊ちゃん。そんなところでイチャイチャしてると風邪引くよ。♫はーやくお帰り、夜が更ける～♫」って、できれば拡声器を使ってアナウンスする。あ、この歌、知らないか。じゃあ、ピンク・レディーの「ペッパー警部」はどうかしら。

――それも今の子は知りませんって。

阿川　そっか。とにかく、人間同士が好き合って、肌に触りたいとかキスをしたいとかエッチなことをしてみたいという気持は、健全な成長の証でもありますからね。生物は基本的に、異物と会ったらまず、敵か味方か、合体するかしないか、食べられるか、食べられないか、その三大テーマをできるだけ瞬時に判断しようと、これまで何万年もかけて脳みそを進化させ続けてきたのです。この中学生たちは、その正しい生き方の初期段階なんですから、むやみに全否定しないで、「品性と節度あるイチャイチャ」をモットーとして、指導したほうがいいんじゃないんでしょうか。

結論
焼きいも屋さんになりすます。

（「若いお巡りさん」作詞・井田誠一／作曲・利根一郎）

酔った勢いで関係をもった彼女は、まったく覚えていないようです

前から好きだった女性と飲みに行って、一夜を共にしました。僕は舞い上がるほど嬉しかったのですが、どうやら彼女は泥酔（でいすい）していて、まったく記憶がなく、彼女の家まで送ったあと、僕はそのまま帰ったと思っているようです。たしかに、彼女が寝ている間に家を出たので、よくある「朝、目が覚めてビックリ！」というシチュエーションにはなっていませんが、まったく記憶がなくなるほどには見えなかったし……。もう一度、シラフで口説くべきか、ホントのことを話すべきか、迷ってます。（28歳、男性、会社員）

——これは、男としてどう出るか、ちょっと難しいところですね。

阿川　その女性の態度から推測すると、たぶん二つのうちのどちらかでしょうなあ。一つは、ある程度、記憶はあるけど、なかったことにしたい。もう一つは、本当に覚え

ていない。

でも、脈があるかどうかは、彼女のその後の態度でだいたいわかるでしょう？　彼のことを避けたり無視したりせず、驚くほどケロッとしていたら、本当に覚えていない。でも、会話をしていて以前とかすかに態度が違うとか、さりげなく目をそらすなんて素振りを感じたら、薄々であろうと記憶にはあるんじゃないかしら。

――こうして質問しているということは、現時点では、少なくともポジティブな反応はないんでしょうね。

阿川　だとしたら、向こうは、この夜のことを覚えてはいるけど、「なかったことにしてください！」ってことなんじゃない？（笑）　思い切ってもう一度、誘ってみたらどうですか？　誘いに乗ってきたら、少なくとも嫌われてはいないという証拠でしょ。そうなったら、次の段階として、前回ほど泥酔させないで、もう一度同じ経緯を踏んでですね、今度は、彼女が寝ている間に帰ろうなんて粋（いき）な計らいをせず、朝まで一緒にいればいいんですよ。彼女が目覚めるまで、待つ。

どうしても時間的制約があるなら、置き手紙をして帰る！　朝までそばにいた証拠を残して帰る！　そのとき初めて真実が明かされることでしょう。

もし目を覚ました彼女が、「ギャーッ！」って驚いて騒いで暴れ出したら、たしかに前回のことは記憶になかったのかもしれないですね。でもそれが「二回目」だと薄々感じていたとしたら、そんなに騒ぐことにはならないでしょう。やれやれ、またやっちゃったって思うかもよ。

そうなるとむしろ、こういう事件が彼女にとって初めての「ドジ」ではないかもしれないって問題も出てくるね。他の男性とも、こうなっているかもしれない。そういう意味では、いくら酔った勢いとはいえ、危険な女って気がします。もし付き合ったとしても、いろいろ苦労するかも。

——阿川さんは、朝起きたら、隣に「まさかこの人と？」という男性がいた、みたいなのないですか？

阿川　ない！　飲み過ぎたことは何度もあるけど、そこまで大きなアクシデントをまったく覚えていない、という経験はありません。一瞬、「ここどこだっけ？」って思ったことはあるけどね（笑）。それは出張で泊まったホテルのベッドだっただけのこと。自宅と違うじゃん、窓の位置とか間取りとか。もちろん一人で寝てましたよ。疑うな！

だから、泥酔して、どうやって無事に帰り着いたのか、その途中の記憶がぶっ飛んでいることは、若い頃はよくありましたね。玄関に上着が置いてあって、「えっ？　よく自力で帰ってこられたな」って思うの。断片的な記憶はあるのよ。最初のお店を出て、あそこで誰々と立ち話をして、隣の店に移って、もう一杯頼んだとか、そういうところどころのシーンは頭に浮かぶの。でも、点が線につながらなくて。最終的にどうやってウチに辿り着いたのか、わからなくなって不安になりますよね。誰かに失礼をしでかしたんじゃないかしらとかね。

　でもあとで一緒に飲んだ人に聞くと、みんなで割り勘にしたよとか、自分でタクシーを拾って目的地も呂律の回らない言い方だったけどちゃんと運転手さんに伝えてたよとか言われると、要所要所はちゃんとやってるみたいなんですよ。お財布見ると、タクシーの領収書があるから、たしかにお金も払ってたんだなと思うし。なんだろうね、あれは。怖いですねえ。

　ま、私のことはともかく、〈まったく記憶がなくなるほどには見えなかった〉という彼の印象が事実なら、やっぱり彼女としては、なかったことにしたいんじゃないの？本人も酔っぱらった勢いで、その晩は良かったけど、翌朝、覚めてから振り返ると、今後もそのまま継続的にお付き合いをしたいとは望んでいないのではないかと思われますね。実はすでに付き合っている人がいるかもしれないし。

　だいいち、女としては、昼の最中、シラフのときに、「いやあ、君は覚えてないかもしれないけど、この間の夜は、実に大胆だったね」なんて言われたくないものね。男の過去の失態をしつこく蒸し返すのが女は得意でありますが、自分の過去の破廉恥な姿を相手に思い返されるなんて、まっぴらごめんでしょうからね。

とにかく、もう一度、日が落ちてから同じことをしてみないと、彼女の本心はわからないでしょうな。

結論

もう一度、同じシチュエーションで会ってみましょう。

近所のコンビニの店長に惚(ほ)れていますが、フラれるのが怖くて……

コンビニの女性店員に惚れてしまいました。20代後半から30代前半くらいの店長で、どうやらバツイチのようです。食事に誘いたいと思うものの、家の近くにはここしかコンビニがないので、断られたらいろいろ困ります。どうしたものでしょうか……。

（32歳、男性、会社員）

阿川　あのね、どれくらい惚れているのか知らないけど、「フラれたらコンビニがないので困る」っていう、この発想が小(ち)っちぇーぞ、君。もしフラれちゃったら、遠いコンビニまで行けばよろしい！　その程度の覚悟もない男に女はグッとこないぞ！

「この人にフラれたら、コンビニがないので困ります」っていうのは、要するに、奥さんに向かって、「お前、先に死なないでくれよ、俺が不便になるから」って言うのと似てますよ。つまり自分が困るのは嫌だという意味でしょう。実に自己中心的な発想。本気で人に惚れるということは、その時点では少なくとも、「命をも惜しまない」ぐらいの情熱がなきゃ。

そもそも「コンビニがないと生きていけない」っていう思い込み自体が、私はもうついていけない。コンビニ依存症になると、海外旅行なんかできませんよ。

ずいぶん昔、スポーツ選手にインタビューして、「外国遠征でつらいことはなんですか?」って質問したら、「コンビニがないこと」って答えが返ってきて、私は仰天しました。コンビニがないことがそんなにつらいって思うこと自体が、便利に溺れてるんだなとショックを受けた。なけりゃないで生きていこうっていう気はないのかね。コンビニでたいていの生活の不便が解消できちゃうんだ。

昔はコンビニなんてなかったし、正月三が日はあらゆる店が閉まっていたけど、今は年がら年中、コンビニが開いてるから「買いだめしとかなきゃ」ってこともなくなったし。パジャマ姿でもコンビニに行けるみたいだし。「不便」と感じる瞬間がことごとく消滅してしまったんですね。まったく情けない!

——今回はずいぶんとご立腹ですね。でも僕も、コンビニが近くにないとなると、困るなあ……。

阿川　たしかにコンビニはありがたいですよ。私だってよく利用しているし、ゴルフに行くときなんか、早朝はコンビニぐらいしか開いていないから、朝ご飯にコンビニのおむすびやサンドイッチ、あとペットボトルのお茶や淹れ立てのコーヒーを買うことはしょっちゅう。本当にありがたい存在だと思っております。だから、コンビニを非難しているわけじゃないの。便利な時代になったと感謝しておりますです。

ただ、コンビニがなきゃ生きていけないってことはないわよ。せっかく好きになったなら、「たとえ近くのコンビニに行けなくなったとしても、僕は彼女に自分の気持を伝えておきたい！　フラれても後悔はしません！」ぐらいの言葉は出てこないのか、っていう話です！

――そもそもコンビニって、なかなか二人になるタイミングないですよね。お客さんも他の店員さんもいない、というケースは珍しい。告白するの、難しくないですか。

阿川　「好きです」って手紙を書けばいいんじゃない。どうしても口で伝えたかったら、周りに人がいたってかまわないわよ。それが本当に真摯な態度に映ったら、たまたま周囲で聞いてしまった人だって応援したくなるでしょう。恥ずかしいことを乗り越えたときに、宝物は大きなものになるのです！

女にとって、「ああ、私のために勇気を振り絞って、こんな恥ずかしい思いまでして」という男気は、必ずやプラスポイントになりますよ。もともと嫌われていたら、話は別だろうけどね。「惚れちゃった」とはっきり言うぐらいだから、感じ悪くされたり無視されたりはしていないんでしょ？　たとえ一方的な片思いだとしても、その片思いの裏側で、「コンビニがなくなるのが嫌だから、告白するのはやめようかな」なんて、了見が狭すぎる。男は顔じゃないぞ！　真摯な態度と、簡単に諦めないしつこさだぞ！

――阿川さん、ずいぶん熱が入ってますよ。最近、男がらみで何かあったんですか？

阿川　まったく何にもないです！　これは私の持論ですが、年を取ってからモテるようになる男って、昔はモテなかった人が多い気がする。必死に女の子に受けようと、あれやこれやと努力や工夫を重ねて生きてきたから。逆に二枚目系は、若いうちは黙っていても女性が寄ってくるから、努力しないで済んだのでしょうね。だから、サービス精神なんて発揮したことなくて、話題がない。話が面白くない。そのまま年を取るともはや色男の気配も薄れているのに、努力しない、昔よりしょぼくれてる、なんてことで、女性が寄りつかなくなってしまう。

だから、しつこいようですが、男は顔じゃない。私も男は顔がいいほうがいいと思ってた時代もありましたが、この歳になると、真の男の魅力は、情けない目に遭っても見事に乗り越えて、笑って耐える力を持っていることかなって思いますよ。

恥ずかしいことを乗り越えなきゃ、愛は手に入りませんよ。

だいたい、まだ32歳でしょ？　知らない世界はまだ山ほどあるんだから。一度、少し遠くにあるコンビニをいくつか巡ってみて、それから彼女に告白してみたら？　もし惚れた彼女にあっさりフラれて、そのコンビニに行けなくなったとしても、新しいコンビニでなにか楽しい発見があるかもしれないでしょ？　そんなに若いうちから自分の行動範囲を制限してしまっては、人生、つまらんぞ。

結論

「恥ずかしい」を乗り越えなきゃ、愛は手に入りません！

40歳近く年上の彼氏と付き合うのを、友だちに反対されてます

カレシはバツイチの62歳です。私より40歳近く年上で、親はもちろん、友だちにも交際を反対されています。一番の親友に紹介したら、「世代的に話が合わないというか、一緒にいて楽しくなさそうだから、三人で会うとか、Wデートとかはちょっと……」と敬遠されています。私は前から年上好きで違和感はないのですが、周りからこれだけ反対されて、どうしたらいいか悩んでいます。

（23歳、女性、大学院生）

阿川　好きならいいいんじゃない？　まったく問題ないと思います。

――いいんですけど、周りに受け入れられないのは、少しつらくないですか。

阿川　この間、加藤茶（かとうちゃ）さんと45歳差の奥様である綾菜（あやな）さんと「サワコの朝」（TBS系）でお会いしたんだけど、綾菜さんは、素晴らしい女性でした。

結婚してちょうど10年、それこそ世間からの中傷にずっと耐えたのね。自宅に置いてあった自転車を壊されたり落書きをされたり、いろんな嫌がらせにあったらしいけど、二人でじっと我慢したんですって。

でもやっぱり綾菜さんがしっかりしていたから偉いんだなあ。だって加トちゃんと知り合って初めてのデートの日からずうううううっと、デートには毎回、加トちゃんの親友二人がついてきたんですって。左とん平さんと小野ヤスシさんらしいけど。まあ、オトコ友だちから見れば、「加トちゃん、あんた、若い女にぜったい騙されてるんだって。きっと財産目当てだぜ」って心配したくなる気持も当然だろうけれど、そういう疑いの目を持たれても、綾菜さんはいじけることなく、正直に、「私は本気で加トちゃんのことを愛しています」って誠意を尽くして彼らを納得させたんですから、偉い！

——二人は加藤茶さんの親友だったんですね。

阿川　ドリフターズの前から仲良しだったらしい。もともと彼女は日本料理屋で働いていて、有名人や若いイケメンのお客さんも多かったけど、まったく興味が湧かなくて。ある日、加トちゃんが箸袋かなんかに電話番号を書いて、「今度、お茶飲まない？」って渡したら、最初から加藤茶さんのこと大好きだったから「はい！」って返事して。

そのあと、「これから会わない？」って呼び出されたのが、朝5時のファミレス。彼女が張り切って行ったら、左とん平さんと小野ヤスシさんもいた。加トちゃんが麻雀しながら、「あの子のこと気に入ってるんだ」って言うので、「お前、絶対騙されてるから、俺たちがちゃんと見てやる」ってくっついて来たと。それで、「いくつなの？」とか、「どこ出身？」とか、とん平さんとヤスシさんから、質問攻めにされたそうです。

で、次のデートで、加トちゃんと映画を観に行ったら、ちょっと離れた席に、やっぱり二人がいた（笑）。そのあともずーっと二人ともくっついて来て、だんだんとん平さんもヤスシさんも、ちゃんとした教育を受けたしっかりした女性だと確信するようになったそうです。

それで、ホテルのバーで加トちゃんが、「結婚してくれませんか」だったか、「本気で付き合ってくれませんか」と言って、彼女が「はい」って答えたら、向こうからフルーツバスケットを持って、二人がお祝いに現れたそうです。やっぱり来てた（笑）。

――ほおーっ、そういうことがあったんですか。いい話ですね。

阿川　彼女は世間から、「絶対あいつは後妻業だ」みたいに言われてバッシングを受け続けたんだけど、加トちゃんは、「かわいそうだと思ったけど、自分が公に反論しても騒ぎを大きくするだけだから」って、ずっと二人で耐えていらしたんですって。だからどんなに周囲から罵倒されようが、ずっと二人で辛抱してコツコツと幸せな生活を続けていたら、いつのまにか、「素晴らしい年の差結婚の二人！」と、今では賞賛を浴びるようになっているんですからね。本当に世間って手のひら返しですよね。

それにね、男女の関係って、年齢が親子ほど離れていても、カップルとして長く一緒にいると、だんだん奥さんのほうが年上っぽくなっていくというか、上下の関係が対等になっていくというか。年の差なんて関係なくなるんじゃないかしら。

一応、一家の稼ぎ頭と思って言葉遣いは年上の旦那様に丁寧に対応したとしても、日常的な生活面では旦那様のほうが断然、奥さんに頼るようになるからねえ。年上だからという理由だけで、いつまでも威張っていられなくなるでしょう。もはや徹底した亭主関白なんて、絶滅危惧種でしょうからね。精神的に旦那様のほうが「よろしくお願いします」って関係になったほうが、円満に長続きするケースが多いように思いますけどね。

若い子の関心事を予習する

——彼女は彼氏との関係にはあまり不安はなくて、周りの人に受け入れてもらえない、というのが悩みです。

阿川 最初はつらいだろうと思いますよ。歳の離れたカップルに対して、世の中の人は、女性の父親を筆頭に、みんな懐疑的な視線を向けるでしょうからね。でも、この人と一緒にいると幸せで、本人同士がお互いの関係に不安がないのなら、ひたすら幸せの実績を積み上げていって、その間は馬耳東風。続けたら勝つ。時間が経てば理解されます。私がそういう結婚をしたら、泣いたり怒ったりヤケを起こしたりしないという保証はないけれど、相手の自分に対する愛情に翳りが生まれないかぎり、我慢するようにします。綾菜さんのことを思い浮かべて。いつか必ず理解される日がくると信じて。

友だちに「世代的に話が合わない」って言われても、そんなことで怖れることはないですよ。合わないなら、若い世代の新しい情報を教えてもらって驚けばいいだけの話でしょう。誰だって、知らないことはあるんですから。世代的に話が合わないから気が合わないってことはないですよ。だったら世界中の人が同世代と結婚しなきゃならないじゃないの。

——友だちと三人で会ったのに、なんか会話が弾まないっていうのは、避けたい気持もわかりますけどね。

阿川　どうしても友だちと三人で会いたいなら、少しだけ工夫すればいいかが。前もって「彼女はYOASOBIのファンだから、YOASOBIを事前にちょっと聴いといて」みたいにね。いくら聴いても「理解できんよ」と言われたら、どこが理解できないポイントなのかを整理しておく。理解できようが理解できまいが、一度、聴いておけば少なくとも感想は言えるでしょうからね。そして、その友だちが説明してくれることで、今の時代の新しい音楽の作り方について知ることになるから、驚くことはできますよ。知らないことを知るのは楽しいでしょ。

それに、ひょっとしたら、ＹＯＡＳＯＢＩは実は、62歳のおじさんが若い頃に好きだった音楽に影響を受けているかもしれないんですよ。ビートルズとかユーミンとかにね。世代が違っても、そういうところで話がつながる可能性もあるわけですよ。

彼が「わしは若い者の気持はわからん」って一刀両断してしまうなら別だけど、23歳の女の子と付き合ってるんだから、そんなことないでしょう、きっと。

――そういう人じゃないですよね、たぶん。

阿川　オジサンが若い女性を退屈にさせないワザについては、石田純一（いしだじゅんいち）さんに学べ！　です。昔、石田さんに「どうやったら若い子にモテるの？」って質問したら、「たいていのオジサンは、若い子の気を惹（ひ）こうとして、仕事とか自分の成功談を語りたがるけれど、若い女性は、そんなものにまったく興味ない。そんなことより、彼女が今、何に興味を持っているかをまず、先に聞き出す。もし、『将来、何になりたいの？』って聞いて、『広告代理店に勤めてコマーシャルを作る人間になりたいんです』って答えたら、そのあとしばらく、『どうして？』とか、『どういうコマーシャルが好きなの？』とか『何が心配？』とか、彼女の胸の内をさりげなく探っていく。そのうちに、参考になりそうな話が思い浮かぶはず。

たとえば、『僕の大学の同級生で今、〇〇社のコマーシャル作ってるヤツがいるんだけどね』みたいなことを話す。そうすれば、彼女はもともと自分の関心のある分野だから、そのあとオジサンがどれほどとうとうと仕事の話をしても、聞く耳を持つようになるんですよ」って、石田さんはおっしゃってましたよ。

――この彼も、石田さんのようなワザを身につければ、彼女の友だちも会ってくれるかもしれないですよね。

阿川　でもさ、さっきも言ったけど、私は別に会ってくれなくてもいいんじゃないかと思いますけどね。もし、彼との関係を少し迷っているのなら、「どう思う？　この人」とか、友だちに見てもらって判断材料にする手立てはあると思うけど、単なる社交として義理で会ってもらうくらいなら、会う必要はないでしょう。今後、三人で一緒に住む予定があるわけじゃないんでしょう？　だったら、彼との関係は彼と会って育(はぐく)んで、友だちとの友情は、彼抜きで育めばいいのではないですか？

たとえばAという友だちとBという友だちがいたとして、私にとって二人とも大事な友だちなんですね。だから、三人で仲良くなれたらいいなと思って、AにBを紹介する。そういう下心を抱いて成功した例は、私の場合、めったにありません。

それは、私の中のAと合う部分とBと合う部分が、別物だからなんだと思うんですよ。私とAが仲良しで、私とBが仲良しイコールAとBも仲良しになる、なんてことは、ほとんどないですね。

だから、私は友だちを別の友だちに紹介することには、かなり慎重です。勝手に知り合ってもらって、たまたま双方とも自分の仲良しだったらいいけどね。

話を戻すと、彼氏と友だちは別々に会えばいいんですよ。

――そんな、極端な。若い女性って、「ディズニーランドでダブルデートしようよ」みたいなノリがあるじゃないですか。

阿川　あらゆる楽しみを、あらゆる自分の好きな人と共有することはできませんよ。それは単なるエゴです。

友だちみんなでディズニーランドに行くことになって、「うちの父親もディズニーランド大好きだから、連れて行っていい？」って言ったら、「お父さんはちょっと」って普通に引かれるでしょ。それに近いんじゃない？　でも今の60代でもディズニーランド、大好きな人がいるからねえ。年に五回ぐらい通ってる友だちのオジサンを二人知ってるわ。そういう人なら、連れて行ったらたぶん、楽しいわよ。若い人より詳しいかもしれないし。でも、それは例外。

それに、この彼も、彼女の友だちと仲良くしたいと本気で思っているか、アヤシイな。たいがいの男性は女のにぎやかな集まりには積極的に参加したくないものなんじゃないの？　私も女友だちから、「ご主人も誘ったら？」って言われることがあるけど、だいたいの場合、ウチの夫は「わしは行かん」って言いますよ（笑）。

お喋り（しゃべ）な女たちに囲まれて、同じぐらいのテンションで男が喋ることはできないでしょう。退屈するに決まってるし、連れて行った私も、「無愛想な亭主だ」と思われやしないかと気が気じゃなくて、疲れるだけ。留守番してもらうほうがずっと楽です。

知り合いみんなが仲良くなってくれれば、それほど平和で幸せなことはないだろうと思うけど、現実にはなかなか難しいな。

結論
どうしても彼と友だちと一緒に遊びたいなら、石田純一のワザを学べ。

やたらとモテて困っています。私に隙（すき）があるのでしょうか

自慢のように思われるかもしれませんが、本当に困っています。私、なぜか男性にモテます。自分じゃそんなに美人とも思いませんが、単なるボーイフレンドだと思ってゴハンに行くと、必ずといっていいほど告白されるし、彼氏の友だちにもアプローチされます。「お前に隙があるからだ」と彼氏に叱られたりしますが、何より悲しいのが、同性の友だちが警戒して、彼氏を会わせようとしないことです。阿川さんも絶対にモテたと思うので、解決法を教えてください。

（21歳、女性、大学生）

阿川　まず、私はこの質問者嬢ほど、モテてはいなかったとはっきり言わせていただきます。まあ、そこそこかしら（笑）。でも「隙がある」と言われたことは何度かあります。警戒心が薄いっていうんですかね。本当に好きな男の人の前だと大人しくなっ

ちゃうんですが、この人と一緒にいると楽しいっていう、ぜんぜん下心の湧かない男の子が相手だと、気楽に話せるものだからすぐ親しくなったりして、お誘いにもすぐ乗ったりして（って、食事とかお茶とかの範囲ですよ、当然！）、相手の男の子を勘違いさせてしまったことは、何度かありました。だから「隙がある！」ってよく叱られました。

——……それ自慢？　やっぱりモテてるじゃないですか！

阿川　まあ、若い頃はけっこう可愛いって言われてたかな、へへへ。

男友だちに気安くなってしまう理由の一つは、もしかして私が男兄弟に囲まれて育ったせいかもしれないと思います。兄が一人、弟が二人いるような環境で育つと、男ってものにさほど緊張感がないんだな。たいして期待もしないし。気が合うと思うと、まるで兄弟のような感覚になって、何でも話せてしまう、目下の悩みもシモネタも。あくまでも目がハートになるほど惚れる対象でない場合に限りますが。

つまり兄弟みたいに付き合えるということは、私にとってまったく恋愛感情に発展する予感がしないってことでして。でも相手からしてみれば、こんなに親しみを持って接してくるのだから、もしかして、「俺のこと好きなのか？」って思われちゃうんですね。

——その場合はどうするんですか？

阿川　その勘違いが発覚した段階で、きっぱりと「違います」って言うしかないでしょう。そういう罪を何度か犯して、以後反省し、気さく過ぎるのもよろしくないと改心し、背筋を正した結果、縁遠くなりまして候。

私のことはさておき、この女性はまだ学生で結婚していないなら、別に彼氏以外の男性とゴハンに行くのをやめる必要はないんじゃないですか？　若いんだから、いろんなタイプの男の人たちを観察するためにも、たくさんの男性とゴハンぐらいのお付き合いをするのは、別に何の罪にもならないでしょう。今つき合っている彼氏の嫉妬具合にもよりますけどね。

彼氏の嫉妬の仕方を研究するためにも、貴重な経験になるんじゃない？　そこで悩んだり叱られたりつらかったりと、さまざまな感情を経験して身に染みることが、のちの自分の糧になるのだから。

――同性の友だちが警戒して彼氏を会わせないのは、どうしますかね。

阿川　私の友だちにもいましたよ。本当に魅力的で、いい意味でセクシーで、彼女が現れると、女友だちの彼氏がたいがいポーッとなっちゃうの。だからみんな警戒してました。「彼女に会わせると奪われるぞ」ってね。

でも、同性から見ても本当に「これはモテるだろう！」っていう要素をいっぱい持っていたから、しょうがないよね。むしろ憧れられていたと思いますよ、女友だちにも。彼女の髪型とか仕草とか真似してみたりして。

あるとき、別の女の子がステキな髪型にして現れたとき、まわりのみんなが「うわ、ステキ！　まるで○子（そのモテる女の子の名前です）みたい」って褒めたら、「あら、悪い気はしないわね」って本人が喜んでいたぐらいですから。

そこで大事なのは、女友だちにとっても魅力的であること。男の前でだけ思いっ一オクターブ高い声を出すなんて真似はせず、女同士のつき合いも大事にして友だち思いであることをまわりが認識していれば、その女性がどんなにモテても納得できるでしょう。本気で警戒してボーイフレンドに会わせたくないと嫌がらせする女友だちがいるなら、なんて了見が狭いんだと思って放っておけばいいのですよ。

ただ、自分から「ごめんなさいね、私、なぜかモテちゃうの」っていう傲慢な気持をかすかにでも持っていたら、そういう気配には女友だちは敏感ですからね。それはモテているから敬遠されるのではなく、自分がモテる女だと慢心しているあなたのことが気に入らないということになってしまう。わざとらしく卑下し過ぎるのもよろしくないけれど、周囲を見下していると、いずれ同性の友だちを失うことになりかねないのでご注意を。

自分の魅力を最大限活用せよ

——普通にゴハンを食べに行っただけなのに、相手が勝手に入れ揚げちゃうというのは、たしかに面倒くさいかもしれませんね。

阿川　いちいち相手にするのは面倒かもしれないけれども、自然界を見よ（笑）。魅力的なメスに向かって、オスは踊（おど）ったり跳（は）ねたり、巣を作ったり、必死に気を引こうとしてるじゃない？　オスはそうやって失敗や失望を繰り返して成長するんだから、いちいち苦にする必要はないですよ。

あっちもこっちも断れず、二股（ふたまた）も四股も並行したあげく、ナイフが出てくるようないざこざに巻き込まれるのを避けたいのなら、「お付き合いする気はないのでごめんなさい」って、その都度一つずつ丁寧に毅然（きぜん）と解決していけばいいのよ。言い寄られることを苦にする必要はありません。本当に苦にしているかどうか知らないけど。

世間には、どうしたら魅力的になれるかって悩んでいる女性のほうが多いんだから、自分の優位なる武器をどう生かせば社会還元できるのか、誰の役に立つのか、ってことを考えたほうがいいですよ。自分がモテちゃうのは申し訳ない、友だちにも疎（うと）まれるから目立たないように生きていこうなんて考えてちゃいかんよ、君。

——これはもう、モテる女に生まれた宿命ですな。

阿川　そうですよ。まあ、それで図に乗っちゃいかんけどね。でもいつか奈落（ならく）の底に落とされることだってあるかもしれない。モテて仕方ないと思ってたのに、ぜんぜんモテなくなっちゃうとか。自分が想う人には振り向いてもらえないとかね。

だから、女としてというより、人間として魅力的になることを考えることが大切なんじゃないの？　いつまでも「私はモテるオンナだ」と思っていると、その地位に甘んじて、人間を磨く（みが）ことを忘れちゃうんですよ。放っておいたらシワは増え、たるみが生じ、体型は崩れていくのですからね。

いつまでも、あると思うな、金とモテ力。

前にも申し上げましたけど、モテる人が年を取るとね、案外、しょぼくれるケースは多いと思いますよ。放っておいても人が寄ってくるという慢心がそうさせるんでしょうなあ。逆にフラれ続けている人は、だんだん力をつけてくる。失敗を成功の素（もと）にして努力するからね。

質問者の方はまだ21歳なんでしょう？　もうピチピチよ、あちこち。でもね、物理的なピチピチが皆無になったとき、どんな魅力的な人間になってるかっていうことが大事なんだと思う。

――あの、お言葉ですが、ピチピチが皆無になっちゃったら、もうモテるモテないじゃないんじゃないですか（笑）。

阿川　アンタはまだ若いのう。人はピチピチのみに生きるにあらず。80歳すぎてもモテる人はモテるんです。それはね、人間としてのフェロモンを出し続けているからモテるんですよ。

若くしてせっかく類まれなる魅力があるんだから、その力を存分に発揮して、嫉妬も恨みもたくさん買って、それでもめげず、悲しくなったりつらくなったりをさんざん繰り返し、そしてなにごとにも動じぬ真のモテばあさんになる日を楽しみにしてごらんなさいませ。今の悩みなんて、ノミのウンチくらいのものよ。贅沢が過ぎるというものです。そういうばあさんに、私もなりたいわよ。もはや遅かりし由良之助。あーあ。若いうちにもっと男どもを蹴散らしておけばよかった！

結論
ピチピチが皆無になっても魅力的でいられるよう、自分を磨きましょう。

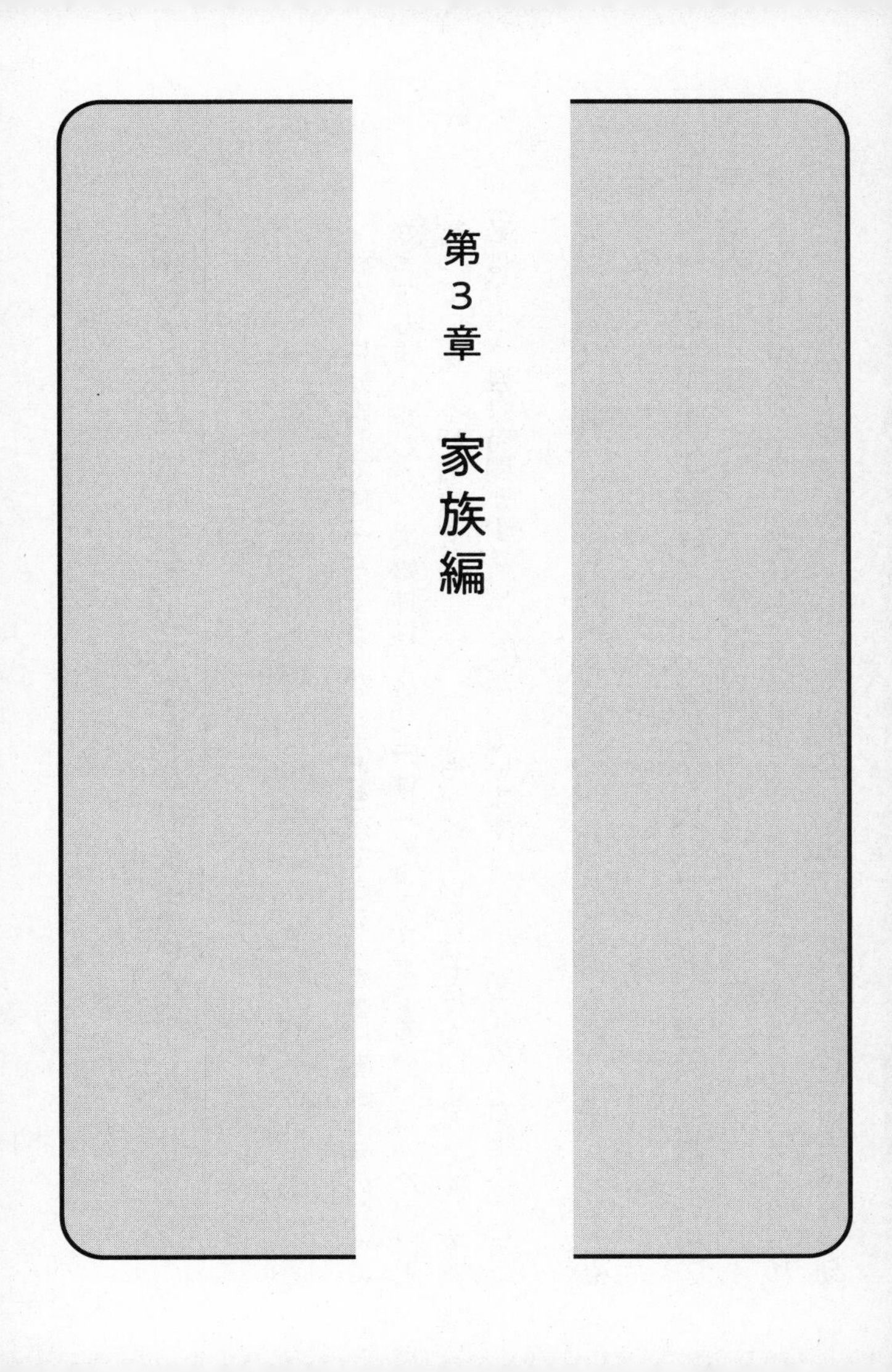

第３章 家族編

結婚して15年ですが、子どもができません

私たちは結婚して15年たちますが、子どもができないまま、高齢出産の年代になってしまいました。夫婦仲はよく、夫は「いまのままでもいいじゃない」と言っていて、不妊治療をしてまで、子どもが欲しいわけではないようです。でも私は、もう残り時間が少ない、と焦(あせ)っています。（40歳、女性、会社員）

――阿川さんは以前、小学校の図書室で働いていたことがあるそうですし、子ども好きですよね。

阿川　そう、子どもは大好きです。っていうか大好きでした。最近、歳取ったら子どもに懐かれなくなってね。少し寂(さび)しいの。

私、子どもの頃から子どもが好きだったんです。犬と猫とどっちが好きって聞かれるたびに、「人間の子どもがいい」って答えてた。電車なんかで見かける赤ちゃんや幼

児を可愛いと思うくらいだから、自分に子どもができたらどれほど可愛がるだろうかと思って、結婚したい理由の半分は母親というものになりたかったから。

それなのに何の因果か60歳すぎまで結婚しなかったせいで子どもには恵まれず。だから、この方の切ないお気持は理解できます。女にはタイムリミットがあるからねえ。

でも一人では産むことができないから、ご主人にも不妊治療に協力してもらって、そこで授かれば一番いいでしょうけど、それもお金とエネルギーが要るらしいしねえ……。

ただ、ご夫婦でたくさん話し合った末、あるいは不妊治療にも挑戦した結果、最終的に子どもを授からないと決まったとしても、自分は不幸だと思わないでほしいですね。ご主人との仲はよいのだから、きっとお二人にとって別の幸せが待っているんですよ。将来必ずや「新しい窓」が開かれると思います。

座右の銘というと大げさですが、私は、「神様は一つの扉を閉じたら、必ず新しい窓を開けてくださる」という言葉を大切にしています。映画『サウンド・オブ・ミュージック』の冒頭のシーンで、主人公のマリアが修道院を去るときにつぶやく言葉です。思い通りにいかないとき、私はいつも、この言葉を思い出すの。

諦めていた結婚が実現！

——阿川さんの人生でも、「新しい窓」が開かれてきたんですか？

阿川　そうそう、まさにそうなのよ。いま振り返ると、ラッキーなことに「新しい窓」がその都度、開いてきたのよね。

今から40年近く前、専業主婦になりたいという望みを果たせず悶々としていたら、ひょんなことからテレビのレポーターを務めることになった。それが後々、報道番組のアシスタントをすることにつながったんですね。

で、報道の世界へ入ってはみたものの、期待に応えるような働きができなくて怒られてばかり。結婚の道はさらに閉ざされ、さりとて仕事で褒められることもなく。一念発起してテレビの仕事をやめて米国に1年間遊学して戻ってきたら、「週刊文春」の対談のホストになれとお声がかかりました。その後も、レギュラーで出ていた番組が終わったら、また別の番組にレギュラーで出ることになったり。諦めていた結婚も、遅まきながら実現したしね。振り返ってみれば、前方が閉ざされると横の窓が開いたり、先行きが見えなくなると隣の窓が開いたりって、そういう繰り返し。一つ閉じないと、新しい空気が入ってくる余地はないんだから。

——そして今や、大女優への道を歩まれている……。

阿川　アナタ、さらっと嫌味を言うのが上手ねえ。それも人生を快調に乗り越えるための才能かもよ。でも、思い通りにならなかったことをいつまでも悔(く)やんで、当初の夢が叶(かな)わないからといってふてくされず、他人様(ひとさま)に声をかけられたら、これが「新しい窓かな」と信じて、とりあえず窓に頭を突っ込んで、しばらくは必死になってみる。自分が描いていた将来とは違う結果になったとしても、探せばそこには必ずしあわせが潜(ひそ)んでいるはずです。私もこの歳まで、こんなはずではなかったと思うことだらけですが、総合するとずいぶん楽しく生きてこられましたよ。ありがたや、ありがたや。

結論
一つの扉が閉じたら、必ず「新しい窓」が開きます。

定年退職した矢先、妻が認知症になりました

妻の様子がおかしいので病院に連れていったら、認知症が始まっている、との診断でした。私は会社を定年退職し、これから妻と旅行などを楽しもうと思っていた矢先のことで、途方に暮れています。（65歳、男性、無職）

――阿川さんも、認知症になられたお母様を介護されたんですよね？

阿川　つきっきりではなかったですが、まあね。母は昨年（2020年）亡くなりました が、最初に認知症とわかったときはショックを受けた記憶があります。これは普通のもの忘れとは違うぞ、え、とうとう母はそんなことになってしまったのかと。亭主関白の権化のような父が亡くなったら、ようやく母に自由な時間ができるだろうから、父には申し訳ないけど、そうなったら母を旅行に連れて行こう、門限を気にせず一緒にゆっくりおいしいものを食べに行こうと、いろいろ企んでいたのに、父が亡くなる前に

母の認知症が始まってしまったので、なおさらね。いったい母の人生は、家族や亭主に尽くすだけで終わってしまうのかと思ったら、切なくなっちゃって。

でも、なってしまったものはしょうがない。今の医学ではまだ認知症を治す方法は見つかっていないそうです。症状の進行を多少遅らせることは薬で可能だけれど、もとの記憶力に戻すことはできないんですって。

私もそうでしたが、質問者の男性も、今の時点ではまだショックが大きいでしょうね。でもしばらく落ち込んだあと、気を取り直して、頭と身体がクリアだった過去の奥様のことは大切な思い出として頭の抽斗にしまって、次第に記憶が曖昧になっていく新しい奥様といかに楽しくつき合っていくか、その手立てを一つずつ模索していくことが大事だと思います。

初期段階がいちばん不安定

——親の介護を経験した阿川さんからすると、どんな点が大変でしたか？

阿川　介護って、自分との闘いでもあるんですよね。母がさっき言ったことを覚えてないと、悲しくなったり途方に暮れたり腹が立ったりして、つい、「何で忘れちゃうわけ⁉」と感情的に叱りつけてしまうんです。その後で、「あんなに叱るんじゃなかった」と自分が落ち込む……。どうすれば介護する側の私の精神状態を平安に保てるんだろうって。イライラしたり反省したり、葛藤の繰り返し。そんなことがずーーっと続くんです。

物理的なことも含めて一般的には介護する側が大変だって言うけれど、でも実は認知症になった側も、つらいんですよ。一気にすべての記憶能力が落ちるわけじゃないからね。徐々にそういう症状が出てくるのであって、自分でも、今までの自分と違うことに気づき始めて、「なんでこんな簡単なことを忘れちゃうんだろう、自分はいったいどうなってしまうのだろう」と恐怖と不安に苛まれているんだと思う。

ところが身近な人間は、「母さん（あるいは奥さん）が壊れちゃった！」と思うと、即座に「壊れた人間」のカテゴリーに入れてしまう。まったく別の世界へ行ってしまったんだと解釈する。で、ちっともこちらへ戻ってこないから苛立って叱りつける。

でも叱られたほうは、半分はしっかり認識したり観察したり判断したりする力がまだ残っているんですよ。そのしっかりした半分の力で、自分でも変だと思って不安になっているわけです。それだけでも恐怖なのに、家族は急にイライラし始めるわ、叱り始めるわ、自分のプライベートにズカズカ入り込んでくるわ、やけに幼児扱いし始めるわ。どうなってるの？　って思っちゃう。

悲しみと不安が一気に襲ってくるような時期があると思います。まともな部分とダメな部分が必死で戦い合っている。そういう認知症の初期段階が、本人も怒りっぽくなったり急に泣いたりして、いちばん不安定な時期なのではないかしら。母を見ていた私の経験からするとね。

いっぽうの家族も、ついこの間まで記憶がしっかりしていたはずの人がそんな様子になるものだからおおいに動揺する。なんとか治したい、情けない、見たくないって気持が募(つの)っていちばんイライラする時期でしょうね。双方がイライラして、激しくぶつかり合うのが、母の場合は認知症になってまもなくの頃だった気がします。


漢字ドリル、脳トレ……


――この方はまだ65歳ですから、奥様は50代後半から60代前半くらいでしょうか。そこまで悲観的にならなくてもいいような気がしますけど……。

阿川　どうして？　若いほうがショックは大きいんじゃない？　まだ若いのに。これからいっぱい楽しいことが待っていたはずなのにって。でも、家族にそういう症状が表れた場合、まず医者に行こうという発想は浮かばないのよ。そのかわり、シロウト考えをしてしまう。まだ体力もあるし身体は健康なんだから、努力すれば元に戻るのではないかって。ましてこの奥様は若いから、旦那様としては自助努力でなんとか治してやりたいっていう気持が強いと思いますよ。

ウチでもいろいろ試しました。同じ行動を何度も繰り返させれば、学習して頭に定着するんじゃないかとか、体操すると脳の血の巡りがよくなるんじゃないかとか。漢字ドリルをやらせたり、脳トレの器械を買い込んだり。幼い子どもに教えるように、少しずつでも学習させてみようってね。

――漢字ドリル！　そこまで、やられたんですね！

阿川　うん、少しでも回復してほしくてね。私自身も最初のうちは、「まだ初期の段階なんだから元に戻せるんじゃないか」と思っていましたからね。でも専門医に相談して、「認知症を治すことは不可能」ときっぱり言われてね。それからは、ならばギアを切り替えて、この状態の母と、いかに笑って楽しく今日一日を過ごせるかを考えるようになりました。

そういう気持になるまでには、ある程度時間がかかると思います。覚悟を決めたあとだって、何度も、「もう忘れちゃったの？」「そこを触っちゃいけないって言ったのに、どうして触るの！」なんて調子で母を何度も叱りつけましたもの。そうそうマザー・テレサ様のようにはいかないのですよ、私、人間ができてないから。

でも、きっとご主人も、最初はショックでしょうけれど、奥様との付き合い方が少しずつわかってくれば、楽しく付き合える日が訪れると思います。

――慣れていく過程で、大事なことは何ですかね？

阿川　何が大事って聞かれると、今現在かな。症状が進むと数分前のことも忘れちゃうでしょ。でも、その数分前のことはもうどうでもいいって思うようにする。大事なのは、今、目の前でケラケラ笑っている母なんだから。ああ、幸せなのかな、楽しんでるのかなって思えば、数分前のことはどうでもよくなる。だから、今。今を楽しむ、介護する側もされる側も両方。

もちろん、私の母のように、初期の頃は別にしておおよそ明るい性格だったのは、介護する側からすると本当にありがたいことで、だからこんなノホホンとしたことを言えるのかもしれないけど。聞くところによると、もの忘れが進んだら、それまで穏やかだった性格のお母さんが、ものすごく暴力的になったり疑り深くなったり意地悪になったりってこともあるらしいですね。そういうケースは、体力的にも精神的にももう少し対応が難しくなると思いますけれど。でも、そういう人を相手にしたときも、できるだけ「今」の気持を尊重してあげることが大切なのではないかなあ。

一緒に驚き、一緒に遊ぶ

――身近な方が介護しているのを、参考にすることもありましたか?

阿川　私の父と母が最後にお世話になった高齢者病院「よみうりランド慶友病院」で、母の見舞いに行ったとき、たぶん認知症だなと思われるおじいさんが車椅子に乗って廊下でずっと怒鳴ってるの。「まだか！」とか言って。病院の看護師さんが近づいていって、「はい、参りました。なんでしょうか？」と優しく聞いたら、そのおじいさんが、「君、遅いじゃないか。名刺を出しなさい、名刺を！」って。看護師さんは、「あ、今、持ってないのであとで持ってきます。失礼いたしました」って。

きっとおじいさんはかつて会社のお偉いさんで、部下を叱らなければならない現場にいる気分なのでしょうね。だから怒ってる。まるで会社のコントを見ているみたい。でも看護師さんは、その会社コントにしっかりつき合って、おじいさんの怒りを収めようとしてるんですよ。偉いなと思いました。

私の友人にも、認知症のお母様がいます。あるとき、そのお母様が、ご自身の中では女優になっていたそうです。これまで、そんな経験はないのに「次はあのカメラが撮るのよ」とか「あのシーンがね」とか言い始めた。

ここで「お母さん、女優じゃないでしょ」と訂正するのは簡単だけど、友人は「今、何の映画撮ってるの？」とか「もうちょっといい服着たほうがいいかしら。お化粧も直す？ 口紅塗る？」とかって、その話に乗って楽しむことにしたそうです。

——へー、いい話ですね。参考になるなぁ。

阿川 でしょ。だから、認知症の人と付き合う場所で、正しいこととか真実とかは必要ないんです。訂正しないと間違った情報を本気にしてしまうなどという危惧は、捨てたほうがいい。間違って理解して危険だという場合は別だけど、そういうときでも本人を責めないでさりげなく直せばいいんですよ。「まだ朝ご飯、食べていない」って言い出すのに対して、「さっき食べたでしょ！」って事実を理解させるかわりに、「あら、食べてなかったんだ、ごめんごめん」ととりあえず同意して、ジュースだけ飲ませたり、「今、ちょっと忙しくて。すぐ作るからね」って言ってごまかすとか。

私の母は認知症になってから、膝の手術のために入院したことがありました。病室から窓の外を見て、母が「向かいのビルの屋上で誰かが鳥と遊んでる。危ないわねぇ」って心配しているの。「母さん、あれは工事中で、鳥じゃなくてクレーンだから」と説明してみたけれど効果なし。どうしても気になるらしくて、数分に一度はその話になる。「大丈夫大丈夫、あれは工事用のクレーンだからね」「あら、あの屋上で人が大きな鳥と遊んでる、見て見て」「だからねえ……」っていうのを繰り返すうちに、そうか、母には鳥と人間が遊んでいるように見えるんだから、それでもいいかと思い直して、途中から、「ホントだ。スゴイねえ。よくあんな高いところに上ったねえ」って一緒に驚いてみせました。

そうやって一緒に遊んでいれば、こちらも楽になるし、穏やかな時間が流れる。だから、質問者のご主人も、これから先、奥様のトンチンカンに合わせて一緒に遊んであげてください。途中で奥様のほうから、「あら、さっき言ったのにあなた、忘れたの？」なんて反撃されて、案外、しっかり覚えていることもあるんだなと新たな喜びを見つけられるかもしれませんよ。母の場合はたくさんありました。

仏教の世界はまさに、今を生きる

――場合によっては、話に乗りきれないときもありませんか？

阿川　もちろん、あります。母が、私の住むマンションに泊まりにくると、夕方になって「雨戸しめなきゃ」と言い出すんですよ。「ここはマンションだから雨戸はないの」と説明すると、その場では、「あら、そうなの、変なウチ」なんていったんは理解するけれど、まもなくまた、「雨戸しめなきゃ」って。言うだけならまだいいんですけど、よろよろ立ち上がってガラス戸を開けて雨戸を捜し始めるから危なっかしくて。そのたびに夕飯の支度を中断して飛んで行って、「ダメダメ。雨戸はないの！」って。そういうことを何十回も繰り返すので困りましてね。

とうとう一計を案じて、小さい女の子が「雨戸はないの！」とガラス戸に向かって指さしている絵を描いて、壁に貼ったの。すると母は「あら、可愛い」って、絵のほうに関心が移った。ついでに「へえ、雨戸はないの？　そうなのね」って納得して。母の頭を占拠しているテーマをちょっと移動させたんです。それでもまたしばらくすると、「雨戸は？」って問答が始まるんだけどね。

――また始まっちゃうんですね。でも、叱らずそれに付き合うのが大事。

阿川　あるときは、母が唐突に、「赤ん坊どうしたの？」って聞くので、何を急に言い出したのかと思って、「赤ん坊？　ウチには赤ん坊なんていないでしょ」と答えていたんですが、そうか、母の頭の中ではさっきまで赤ん坊がこの家にいたんだと理解して、そのうち「赤ん坊は？」と母が聞くたびに、「いま二階で寝ています」とか、「赤ちゃんのお母さんが連れて帰ったから大丈夫」とか、「赤ん坊話」につき合うことにしたんです。そうすると母も納得して、しばらくは安心した顔をするのね。

母にその世界が見えているのなら、私も一緒にその世界の仲間になる。「そんなの見えないから」とか「あり得ないから」とか、正しいことを伝えようとしても、こちらだってイライラが募るだけ。「今を生きる」んですよ。案外、楽しいですよ。

そういうことをあちこちで言っていたら、あるお坊様から、「仏教の世界はまさに、今を生きるです」って言われて驚いちゃった。もしかして母は、崇高（すうこう）な世界に入ったのかもしれないってね。母にとって今が幸せなら、母の幸せが持続するように、こっちも「今」のお付き合いをしよう。そう考えてみると、けっこう己（おのれ）の苦しみから解放されますぞ。

見事な母の切り返し

――阿川さんのようにうまく対応できたとしても、元気だった奥様が、楽しかった思い出を忘れていってしまうのは、ご主人にとってはつらいでしょうね。

阿川　つらいといえばつらいけど、これも一つの断捨離と思って。もはや一緒に昔の思い出を共有することはできなくなるだろうけど。ただ不思議なことに、母の場合はもの忘れが進むにつれて、覚えていることの内容が変わっていった気がする。さっきのことはすぐ忘れるんだけど、脳みそがずっと昔にリワインドされていって、母が小さい頃のことと若い頃のことなど、これまであまり喋っていなかった思い出話をたくさんするようになったの。

　あるときは、天皇の名前をぜんぶ言えるのよって言い出して。「神武、綏靖、安寧、懿徳、孝昭、孝安、孝霊、孝元……」って、すらすらどんどん。で、あるところでつっかえると、「あれ、出てこない」って諦めて、また数分後に、「神武、綏靖……」を始めて、まったく同じところでまたつっかえるんですよ。それでもめげずに何度も挑戦するの。頭、働かせてるなあって感心しました。

　またあるときは、母が父と結婚してまもなく、父に怒鳴られて台所で泣いて、泣きながらふっと窓の外に目を遣ると、母の両親がゆっくりこちらに向かって歩いてきて、でも娘が泣いているのに気づいて、そおっとUターンして帰っていったのよって話をさりげなく始めたんです。そんな話、今まで聞いたことなかったので、私のほうがびっくりして。「可哀想なおじいちゃんとおばあちゃん。どんなに切ない思いをしたことでしょう」と想像したら、私のほうが悲しくなって、泣いちゃいました。

他にも私の知らなかったエピソードがどんどん出てくるようになりましたからね。母の頭は、新しい情報が入りにくくなったかわりに、それまで奥の金庫にしまっていて、なかなか出すチャンスのなかった昔の映像とか記憶とか感情が、次々に溢れてきたかのようでした。

――介護でいちばんつらかったのは何ですか？

阿川　つらかったといえば、私のことを認識できなくなったときが、やっぱりいちばんショックでしたね。久しぶりほどでもないのに、私の顔をマジマジと見て、「この人、誰だっけ？」って言われたときね。こちらはびっくりして必死に思い出させようと思うから、何度も聞き直すの。自分の鼻を指さして、「これは誰ですか？」って。そうすると母はニヤッと笑って首をすくめて、「えーと」と言ってから、どうしても思い出せないと、「お鼻ちゃん」なんて言ってごまかしたりする。「そうじゃなくて、名前は？」って聞くと、「ハナコさん」とかね。ああ、もうダメかとあきらめた頃になって、ふっと、「サワコでしょ、わかってますよ。わたしが認知症にでもなったと思った？」って得意げに言ったりしてね。そして、また忘れるんですけどね。一喜一憂ですよ。でも、そういうやりとりをできるだけ楽しむようにしていました。悲しいと思うと寂しくなっちゃうからね。

壊れていくと思うとやるせない気持になるけれど、壊れていく過程にも、笑えるポイントはたくさん転がっているし、壊れ方を一緒に楽しもうとすれば、そういうことができないわけではない。そして、ときどき壊れてない部分もあるんだって発見したときは、人間の脳って面白いなって俄然、興味が出てくるし。元気になりますよ。

母は数字には強く、文字を読む速さも私より優れていたので、計算ドリルなんかやらせると、さっさか足し算しちゃったりね。あと、病院に診察に行くと、私とお医者様がお話ししている間に、ささっとパソコンの文字に目を走らせて、「あら、アルツハイマーって誰のこと？」って。目が速いんですよ。こちらは慌てて、「いやいや、これは一般論、一般論ですよ」なんてごまかしたりしてね。

家でご飯を食べながら母が「これ美味しいわね。何かしら」って首を傾げるから、「〝オ〟で始まる野菜」「〝オ〟で始まる野菜……？」「オクラですよ」「なんだ、オクラか」というやり取りがあった後、またオクラを食べながら、「これ何かしら」って始まる。これを何度も繰り返したあと、

「母さん、なんでも忘れちゃうんだね」

私も疲れて、やれやれって顔をしたら、ちょっと気分を害したんでしょうね。

「覚えてることだってあるもん」ってふてくされるの。

「じゃ、なに覚えてるの？」

そう聞くと、

「うーん、何を覚えてるか、今、ちょっと忘れた」

けっこうシャープじゃないかと感心しましたよ。こんな切り返しが瞬時にできるなら、まだしばらくは大丈夫だな、遊べるなって思いました。

母は母なりに脳みそをフル稼働（かどう）して、会話を楽しんでいましたからね。昔のしっかりしていた母と比べたら、そりゃ切なくなるかもしれないけれど、「今の母」を観察して楽しんでみると、笑えることはたくさんありました。

介護はやっかいではあるけれど、やっかいな中に、小さな楽しみとか笑いとか喜びとか探してみれば、きっと見つけられると思います。

結論
奥さんとの「いま」を楽しみましょう。

パパとママがラブラブだったり喧嘩（けんか）したりします

うちのパパとママは、ときどきすんごい喧嘩をします。離婚しちゃうかも、と心配になりますが、いつの間にか、ラブラブにもどっています。結婚ってよく分かりません。

（14歳、女性、中学生）

──どうやら、激しいご両親のようですね。

阿川　中学生のお子さんに、こんなことを言うのもナンですけど、昔の笑いネタ……かな？　に、「外れた襖（ふすま）と夫婦喧嘩は、ハメれば直る」っていうのがありますよね。ほほほ、ごめんあそばせ！

その話を初めて聞いたのは、私の場合はすでに大人になってからですが、なるほど真髄（しんずい）をついておると感心したのを覚えています。どんなに激しい喧嘩をしても、またラブラブに戻る手立てをご両親はちゃんとご存じだということですよ。

あなたのパパとママは、きっと二人とも熱い人間なのだと思います。だからぶつかり合うと、激しくなるのでしょう。でもその激しいぶつかり合いがあるからこそ、仲直りするとアツアツになる。言ってみれば、メリハリがあるご夫婦ということで、お互いにそのメリハリを楽しんでいるふしもあるんじゃない？

――いわゆる、「喧嘩するほど仲がいい」ということですかね。

阿川　そうよ。こういうご夫婦が激しい言い争いをしなくなって、お互いに口もきかず、バカに家の中が静かになったら、そのときは本気で心配したほうがいいと思います。もっとも最初から、そんなに言い争いもせず、口数も少なくて、でもそれなりにバランスの取れた仲のいい夫婦ってのも世の中には存在しますから。夫婦ってのは、それぞれ違うのです。それぞれのバランスで成り立っているのですよ。

――お父様が超恐（こわ）かった阿川さんのご家庭も、夫婦喧嘩はしょっちゅうでしたか？

阿川　うちは夫婦喧嘩というより、父が一方的に不機嫌になって、突然、怒鳴り散らすことが多かったから、あれは夫婦喧嘩と言えるのか。怒鳴られた側は、なにがいけなかったのか、にわかにはわからない場合もありましたからね。父の怒りの原因が、母の口の利き方とか態度のせいだったことも、なかったわけではないけれど、いずれにしても父が激しく怒鳴って怒って不機嫌になって、それに対して母はほとんど口答えはできませんでした。本気で口答えしていたら、とっくに一家離散になっていたと思います。

そもそもどんな夫婦でも、お互いに育った環境が違うわけで、長年大事だと信じていた考え方や流儀や価値観が一致するはずはない。「価値観が似ているので結婚しました」というケースは多いし、当初は本当にそう思って共同生活を始めるのでしょうが、いざ一緒に暮らし始めてみたら、「ぜんぜん価値観も趣味も違うじゃん！」って落胆することのほうが多くて、最初の期待が大きい分、ショックも大きくなる。最初から「違うな」と思っているほうが、あとが楽なのかもしれませんよ。

「黒胡椒（こしょう）より白胡椒が好き」

――阿川さんも結婚されて、「違うな」って感じでしたか？

阿川　ウチの旦那さんと生活を始めた頃に、朝ご飯に玉子はどうする？　って聞いたら、「目玉焼きがいい」って言うんですね。私は当時、スクランブルエッグが好きだったんだけど、しかたないから目玉焼きを作ったんです。で、焼き始めたら、「蓋（ふた）をして黄身を白くしないでね」って言うの。ああ、そうなのか、私はいつも、ちょっと水を差して蓋をするけどなと思いつつ、蓋をせずに作って、上から黒胡椒をかけたの。そしたら今度は、「黒胡椒より白胡椒が好きなんだけどな」だって。えー、私は黒胡椒派なのに。そこで私はキレましてね。「一つも趣味が合わない！　なんで結婚したのかわからんぞ！」って。

だって、玉子料理の好みだけでなく、ご飯もアチラは固めが好きで私は柔らかめが好き、コーヒーは砂糖をガンガン入れるのがアチラで、私はミルクだけ。風呂はアチラはぬるめ好きで私は熱め。室内にいて私が「暑い！」といえばアチラは「寒い！」。タオルの掛け方から皿洗いの流儀に至るまで、まるっきり考え方も好みも居心地のいい具合も、何も合わないんだもの。なんでこの人と気が合うと思ったのか、わけわからなくなって爆発したんですよ。

――おっ、いきなり離婚危機か？（笑）

阿川　でもね、そうしたら、アチラさんが一言。

「いいじゃない。趣味が倍に広がって」

その言葉には、へへーってひれ伏しました。なるほどね、結婚ってそういうことかとそのとき理解しました。違う人間が近寄れば、その違いが際立って、それまで知らなかったことを経験するチャンスにもなるんだなってね。でもって、「違うなあ」と思いながらも過ごすうち、いつのまにか互いに少しずつ妥協していって、いったい最初の自分の好みがなんだったか忘れるぐらいに馴染んでいく。「嫌いだ、興味がない」と思っていたことが、自然に受け入れられるようになっていることに気づく。そう考えれば、妥協もマイナスではないと思いますよ。私も最近はとんとスクランブルエッグを作らなくなって、目玉焼き派ですからね。人間は変われるものです。

だからね、中学生ちゃんよ。結婚に幻滅しないで、面白い化学実験だと思ってご両親をよおーく観察しておきなさい。「ああ、自分はこういうところを参考にしよう」とか「これだけは真似したくない」とか、興味深い項目をたくさん発見できると思います。そして大人になって好きな人ができて結婚してみたら、ご両親と同じように、「信じられなーい」って子どもに呆れられるような激しい喧嘩をする夫婦になるかもしれないのよ。あー、あれほど嫌だと思ってたのに、自分は親と同じことしてるぞって驚愕する日が必ずや訪れることでしょう、ひっひっひ。

旅は趣味の合わない人と行くといい

――そんなアドバイスじゃ、この女の子、結婚する気なくしそうですよ。

阿川　そうかしら？　ちょっと話がずれるけど、私はだいぶ昔から、〈旅は趣味の合わない人と行くといい〉と思っています。そのほうが予想もしなかった発見があるから。今まで関心を寄せたことのないお店に足を踏み入れたり、興味がなかった土産物を買ったり、知らなかった名所を訪れることになったり。趣味の合う友だちと行ったら決して経験できないであろう旅の楽しみが広がるんですよ。自分が「いい！」と思っていることなんて、まだまだちっぽけなのですよ。

結婚してまだ数年の私が言うのも僭越とは存じますが、結婚も旅と同じだと思います。根本的な価値観とか笑える勘どころとか冠婚葬祭に関する考え方（これは、あるとき先輩の女性に言われたの。お葬式をどうするか、結婚式をどんなふうにしたいか、そういうことについての見解が一致すれば、だいたいの相違はなんとかなるってね）とか、自分が譲ることのできない大切なものを一緒に大切にしてくれる相手なら、あとは違うところだらけでもなんとかなる。趣味や味の好みなんてものは、二人になれば倍に広がって楽しくなるのです。あ、そのことを教えてくれたのは私の旦那さんでありますが。

——それ、アドバイスというより、ノロケですよ！

阿川　失礼しました。まあ、とりあえずご両親は心配ないでしょう。激しい喧嘩の余波で、余計なとばっちりを受けないように気をつけて。あと、壊れ物にはご注意ください。ガラスとかいろいろ飛んできそうだからね。

結論
外れた襖と夫婦喧嘩は、ハメれば直る。

妻が筋肉ムキムキになってます

妻が半年ほど前から近所のキックボクシング・ジムに通うようになりました。子どもを産んでから太りはじめていたし、ダイエットにはもってこいだと思っていたのですが、最近は週五日ほど通い、試合に出るんだと、かなりのめり込んでます。身体はムキムキになり、オッパイも筋肉質で固くなってしまいました。夫からすると、ちょっと度を越しているのではないかと不安です。

(36歳、男性、会社員)

——痩せるのはいいけど、オッパイが筋肉化してしまうのは、夫としては複雑かもしれませんね。

阿川　そうなの？　男性としては、オッパイは柔らかいほうがいいのね。まあ、そうでしょうねえ。でも、奥様が家庭以外に夢中になれることがあるのは、けっこうなことじゃないですか。自分自身の世界を持って、活き活きと毎日を過ごすと、機嫌がいい時間が増えることにつながって、奥様ないしお母さんが機嫌がよければ、家内安全はほぼ保証される……と思いますけど。なんなら旦那さんも、一緒に始めてみてはいかがですか。

そもそも、夫にしか関心がないなんて奥さんはつらいぞー。新婚時代は嬉しいかもしれないけど、だんだん煩わしくなるでしょう。「私は朝からずっと、あなたが帰ってくることだけを楽しみに、あなたが喜ぶと思うおかずを作って待っていたの」とか「こんなにあなたに尽くしてるのに、なんでこっちを向いてくれないの？」とか。

――夫からすると、それはそれで面倒くさいかも。

阿川　実は知り合いの女性も一時期、そういうことで悩んでいました。一緒に住んでいたカレが仕事のことで悩み、会社をやめるかやめないかで頭が一杯ってなってたのね。彼女は彼女なりに一生懸命、カレに尽くして慰めて、なんとか力になろうと努力しているのに、カレの関心がまったく彼女に向かないし、結婚するという話もなおざりになってしまった。「もしかしてもう、二人の関係は冷めてしまったのだろうか。いったい私はどうすればいいんだろう。こんなに私はカレのために努力しているのに、カレは私からどんどん離れていく」ってね。そこで私は、

「あんまり『カレのため』に生きようと思わないほうがいいんじゃない？　それよりあなた自身がカレのことを忘れるくらい、夢中になれるものを探したら？　仕事でも趣味

でもボランティアでも。なんでもいいから、あなた自身が自分のことで活き活きできる場所を持っているほうが、カレもあなたのことを魅力的だって思うんじゃないかなあ」って。

ベタベタとは違う愛情あふれる家庭

――自分ではよかれと思ってやっていることが、相手には重いってことはあるでしょうね。

阿川　そうなのよ。そのアドバイスをした時点では、彼女は納得できなかったみたいでした。でもしばらくして彼女から連絡があって。夢中になれることを見つけましたって。それを仕事につなげるために着々と腕を磨いていったのね。そうしたらまもなく、カレのほうも自分の歩むべき道を見出して、そして二人はめでたく結婚しましたとさ、パチパチパチ。今や子どもを二人抱えながら、夫婦それぞれに、ときには別々に過ごしたりして自分の時間を確保しながら、でも必要なときはちゃんと助け合って、ベタベタとは違う愛情あふれる家庭を築いていますよ。今でもときどき会うけど、ものすごく幸せそう。私が期待していた以上に見事な距離感を保っていて、尊敬しているくらいです。

「尽くしている」と自分で自覚があるうちは、どうしても見返りを期待するか、見返りがないと不満がたまっていく。ならば互いに不干渉になればいいのかというと、そういうことでもない。見返りを求めないくらいのほどよい距離と気配りを保ちつつ、かたや放っておかれてもぜんぜん退屈しない場所とか時間とか趣味とか、なにか夢中になれるものをそれぞれに持っていたほうが、夫婦ってうまくいくのではないでしょうか。

――でも、その絶妙な距離感をとるのは難しくないですか？

阿川　たとえば、私のゴルフ仲間は、結婚してるんだけど、奥様を同伴なさったことが一度もない。旦那が別の女性も含めた仲間とゴルフにばかり夢中になっていたら、奥様はちょっとご機嫌をそこねるのではないかと心配になったので、あるとき聞いたんです。「奥様はゴルフなさらないの？」って。そうしたら、「大丈夫。妻は水泳に夢中だから。後で一緒にご飯を食べにいくし」って。そうか。奥様は奥様で、家庭から解放されて一人で夢中になれる時間をもっていらしたのか。それぞれに好きな趣味を楽しみ、相手の趣味に干渉することなく、でも認め合っている。そしてちゃんと夫婦としての時間も大事にしている。こういう夫婦っていいですよね。

だからオッパイが固くなるのが不安なご主人も、奥様が家庭をそっちのけにして、ついでにトレーナーの男と必要以上に仲良くなっちゃった、なんてことでないかぎり、キックボクシングに夢中になるのは、健康的でいいと受け入れればいいじゃないですか。

妻は元気がいちばんよ！　奥様も、好きなことをさせてくれる家庭環境だからこそ、謙虚な気持になって、家に帰ってから家事全般に精が出るというもの。人生、家事のみってことになったらストレス溜まって、旦那に当たるぞぉ。

胸がふかふかしたお人形

――元気なのはいいけど、この奥さんは、試合に出そうな勢いみたいですよ。あんまりムキムキになられてもねぇ……。

阿川　試合に出るって、それは楽しみだね。ムキムキママチャンプ！　カッコいい！　家族で応援に行ったら、奥様の逞しさに惚れ直したりして。まあ、どうしても柔らかいオッパイに未練があるのなら、なんていうの、あれ。大きな抱き枕みたいな胸がふかふかしたお人形でも買って、奥様の隣に寝かしておいたら？　柔らかいオッパイなんて、ライナスのブランケットみたいなものでしょ、男にとっては。ふふふ。

結論
夢中になれることがあれば、妻ご機嫌。家内安全。

妻の肥大化が止まりません

妻の肥大化が止まりません。「今月から間食をやめる」とか「スポーツ・ジムに入った」とか、しょっちゅうダイエットを試みていますが、毎回、三日坊主におわります。まだ40代手前なのに、今ではお腹の上にオッパイが乗っかっているような感じで、完全な二重アゴ、色気もへったくれもありません。10分も歩くと息切れするので、健康面でも心配になります。昔のようにスリムになる手はありませんか？

（39歳、男性、会社員）

――阿川さんはダイエットなんて必要ないでしょうけど……。

阿川　それがけっこう必要なんです。自分で言うのもナンですが、顔にはそれほど肉がつかないタチらしくて、あまり太ったようには思われないんだけど、脱ぐとすごいのよ。お腹まわりの浮き袋肉は、特にこのコロナによる蟄居（ちっきょ）生活のせいでどんどん厚くなってきた感じ。ウチでは「デブ夫人」と呼ばれております。

この間、ボディビルダーの若者にインタビューしたときに聞いたんです。「お腹まわりの脂肪だけ取りたいんですけど、どうすればいいの？」って。そしたらキッパリ。「そこだけ取ることはできないんです。身体全体の脂肪を減らさないと」って。それができたら苦労しないよねえ、奥さん！　なんで一キロ増えるのはあっという間なのに、一キロ減らそうと思うと、よほど努力しなきゃいけなくなるんでしょうね。減ったと思うと翌日には、すぐもとに戻っているからねえ。

このご質問者の旦那様はそんなに太っていないのかしら。太るって、最初のうちはショックが大きいけど、だんだん慣れてくるでしょ。周囲に自分と同じように太っている同性の友だちとか仕事仲間がいると、ついつい油断するし。たまに同世代でスリムな人に会ったりすると、ショックが蘇って数日はダイエットしようと精を出しますよ。あれは慣れだから。自分の部屋の汚さと同じ。見慣れてくるとそんなに汚いとは思わなくなる。

でも、たまにお客様を招いたりすると気がつく。あるいは自分がどなたかのお家に招かれて、その家の掃除が行き届いているのを目の当たりにすると、帰宅して「ギョッ」とするのよね。ああ、なんて汚い部屋に私は住んでいたのだろう。どうしてこんなに汚いことに無頓着だったのだろうって。で、急に掃除を始める。まあ、そういうショックはそうそう長くは続かないけれど、それでもたまに「ショック」を受けることは大事です。

奥様はきっと、自分がそんなにひどく太っていて、みっともないという自覚がないのだと思いますよ。亭主に非難されるぐらいではなんとも思わないでしょう。ショックを受けるとしたら、同性の同年代の身近に存在するスリムな人からでしょうね。

私の友だちにも、年々肥えていく女性がいました。会うたびに毎回、「自分史上、今がいちばん太っていると思う。あー、どうしよう」って口では言うの。おまけに、「今度、ダイエット療法に挑戦することにしたんだ」とか、「耳たぶダイエットっていうのが効くらしいのよ」とか、しょっちゅう新しいダイエットに挑戦すべく投資をしているらしいのですが、継続したことは一度もなく、もちろん効果があった形跡も見られず、最終的には「ああ、無理だな」で終わっちゃう。

私がいくら厳しい口調で、「どうせ続かないんでしょ」とか「自分に甘すぎるところがダメなのよ」とか叱っても、「そうだね、本当におっしゃる通り」と答えながら、たぶん、私の言葉も効果はないんでしょうね。あいにく私は、その友だちにショックを与えるほどスリムではないから、説得力がないんだと思う。

私が観察するところ、太っている人は、「食べるのをそうとう我慢してる」と言いながら、結局、四六時中、なんか食べてますよ。で、動かない。これではどう考えても、カロリーが溜まっていくでしょう。コロナの自粛があったりして、私もそういう方向に向かっているようで怖いけど。

一日十回、体重計に乗る

――阿川さんは普段、太らないように気をつけていることはあるんですか？

阿川　私も本格的なダイエットを試したことはないですが、普段、心がけていることがあるとすれば、体重計にひんぱんに乗る。多いときは一日十回くらい。

――十回！　いつ、そんなに乗るんですか？

阿川　コトのついでですよ。朝、起きてパジャマを脱いで、着替えるときに一回でしょ。そのあといろいろ排出いたしまして、シャワーを浴びるときに一回。お風呂に入る場合は、入る前と入ったあと。汗が出ると、ちょっと減るから嬉しい。水分が出ただけで痩せたわけではないんだけどね。でもささやかに、嬉しい。

横着をして服のまま体重計に乗るのはダメですね。いつも同じ条件で。パンツ一丁とか真っ裸とか。アクセサリーや時計もはずしてね。そうでないと、増減をきちんと把握できませんからね。この服のせいね、とか太っていることをなにか別のことのせいにしてしまうかもしれないし。勝負をするなら裸一貫！

起きてすぐに測るのは、前日の夜に測った体重と比較するためです。たいてい晩ご飯をたっぷり食べたあとは増えているのですよ、当たり前のことながら。ああ、食べ過ぎたと反省して、一度寝て、翌朝に測ると、心なしか減っている。この減り方がたいしたことがないと、またギョッとするのですね。食べものが消化されても減っていないということは、よほど食べた証拠だな。よし、今日は食事の量を少し減らそうって思う。

そうやって、自分の基礎的な体重の数値を把握しておくと、体重計に乗るたびに、「いつもより増えた」「いつもより少し減った」という微妙な増減がわかって、一喜一憂。もちろん反省することが多いのですが。

さらに願わくは……、私もまだ実現できておりませんが、今の基準的体重から、あと何キロ減るのが自分の理想という、「理想体重」も念頭に置いておく。そうすれば、なかなか理想体重には届かなくても、極端に増え続けることは避けられます。実際、さっきの友だちに「毎日、体重を測りなさい」ってアドバイスしたら、「怖くて測りたくない。もう何年も体重計に乗っていない」って言ってましたからね。

自分の体重を見ないようにしていると、どれほど太っているのかわからなくなっちゃう。常日頃から現状をしっかり把握することも、小さなショック療法の一つだと思います。「これ、食べちゃおうかな」という欲望に対する抑止力になりますよ。

——阿川さんは、それで我慢できちゃうんですね。さすが、女優さんは違うなぁ。

阿川　また、そういうことを言うか。「抑止力」にはなるけど、完全に我慢できるわけではないですよ。ただ、夜9時以降はできるだけ食べないようにするかな。

私のような仕事だと、食事時間が不規則になりがちで、たとえばテレビの収録が終わって帰宅すると、すでに9時を過ぎているなんてことはしょっちゅうあります。晩ご飯を食べそびれた。食べずに寝るか？ それも寂しい。しかし今、ここでがっつり食べたら、必ずや明日の体重計の数値は増えているにちがいない。その葛藤の繰り返しです。

でもそこで己に打ち勝って、お腹は空いているけれど、ここは我慢のしどころと思い、チーズ一切れと朝のサラダの残りを食べるに留めて寝たとします。さあ、翌朝の、なんと嬉しい体重計！ 必ず、減っています。あきらかに減っています。この達成感を身に染み込ませて、次の9時過ぎ帰宅の際に思い起こすのです。

「ほらね、あの日の翌朝、あんなに嬉しかったじゃないの。そんな朝をもう一度、迎えたいでしょ！」って自分に言い聞かせる。でも、そこが私の弱さかな。ときどき、「でもお腹ぺこぺこだしな。喉もからからだしな。今日はよく働いたから、少しぐらいご褒美を与えてもいいんじゃないか？ よし、ビール飲んじゃおう」と自分に甘えて、がっつり……まではいかずとも、そこそこ食べて飲んで寝ます。と、朝の恐怖が待っているのです。私もしばしば悪魔の囁きに屈してしまうのですけれど、この「9時以降は食べない！」は、確実に効果ありです。オススメします。

お酒を一週間飲まずにいられるか？

――巷（ちまた）では、「炭水化物抜き」とか「グルテンフリー」とか「一日一食」なんてダイエットが流行（はや）っていますね。阿川さんは何かやってますか？

阿川　そういう正式なダイエットはしたことないですね。断食（だんじき）道場に行ったこともないし。でも、体重計に乗って激しく増えていると認識したときは、しばらくご飯の量を減らしたり、ビールを三日ほどやめたりすることはあります。ある女優さんに、「あと1キロ半、減らしたいんだ」って言ったら、「そんなの簡単よ。お酒を一週間飲まなければ、簡単に減る！」って。

実際、お酒は糖質のかたまりですからね。私なんか、ビール飲みながら、あるいは日本酒ちびちびやりながら、お米のご飯を食べるのが好きなんだけど、それってダブルに糖質を取っているってことになるのね。「デブ夫人」になるわけだ、と反省してます。

――この質問の方の奥さんは、お酒をちょっと止（や）めるくらいでは済まないかもしれませんよ。

阿川　でもねえ。太っているほうが健康的に見える人もいますからね。これまた別の友だちで、かなりのレベルで太っていた女性がいたんだけど、あるとき奮起してそうとうなダイエットに挑戦して、人並みの体型になったんですよ。

よかったよかったって思いつつ、なんか今一つ、しっくりこない。どうしてだろうと考えたら、どうもその子は痩せるとしょぼくれちゃって、身体の調子が良さそうにも見えないのね。そのとき思ったんです。ある程度太っているほうが、健康を維持できる人もいるのではないかって。

本当にさまざまな数値が芳しくないということなら、「命にかかわるぞ！」と脅して、思い切ったダイエットをさせる手はあるでしょうが、もしその奥様が、そんなに太っていてもすこぶる健康だということだとしたら、あまり責めないで。タヒチの王女様と一緒に暮らしていると思ったら、豊かな気持になるかもしれませんよ。ダメ？

――うーん、このご主人は、タヒチの王女じゃダメかもです。

阿川　じゃあね、かつて画家の安野光雅さんに「出っ腹の十得」というのを教えていただいたことがあります。そもそもは作家の井上ひさしさんが「出っ歯の十得」を思いつかれ、出っ歯はみんなに笑われるけど、いいところも十個ぐらいはあるんだぞと。その話を聞いた安野さんが、「そうか、僕のお腹もかなり大きいけど、出っ腹にも十得があるかもしれない」と、一つずつ挙げてみたそうです。「孫を雨宿りさせられる」「カメラのフィルムを替えるとき（当時はフィルム式だったから）、台のかわりになる」「雨の日でも花火ができる」「熱いモノを飲んでこぼしたとき、大事なところを火傷しない」とかね。

そう伺って、私も当時、結婚できないでいたから、「結婚しない十得」を並べてみたんです。「朝早く起きて子どものお弁当をつくらなくてすむ」とか「お風呂に入ったあと、ずっと素っ裸でいても誰にも非難されない」とか「おかずを鍋ごとテーブルに運んで食事をしても、誰にも文句を言われない」とかね。数え上げたらいろいろ得はあるものですよ。だからご主人も、「妻が太っている十得」を数え上げてみたら、けっこう出てくると思いますよ。

「お腹を枕がわりに使える」「触るとプクプクして気持いい」「日差しが強い日は、後ろを歩けば日陰になる」「人混みで見つけやすい」

どうですか？　けっこう得はあるんじゃない？

どうしても、痩せさせたいと願うなら、毎日一緒に散歩をするというのはいかがでしょう。私のまわりにも、通勤するとき、最寄りの駅よりもう一つ先の駅から乗り降りする習慣をつけただけで、自然に健康的に痩せたという人がいますよ。歩くと痩せるだけでなく、筋力がつくし太陽に当たるし、身体全体の血液の循環のためにもいいそうですね。といって私は、そういう規則的な行動ができないタチでして、ダメな人間でございますが、オススメです。

あとは、ご主人が奥さんの昔の知り合いを探し出して、できれば男性を引き合わせるとかね。夫に言われるとカチンとくることでも、大学時代の男友だちから「別人かと思った」なんて驚かれたら、相当ショックを受けると思います。

あるいは、妻に合わせてご主人も思いきり太ってみるとか。そうしたら、気になららなくなるんじゃない？　妻の太り具合なんて。ふふふ。

結論
「妻が太っている十得」を探しましょう。

妻が3歳の息子にすぐスマホを見せます

3歳の息子がグズると、妻はすぐにスマホでアニメやゲームを見せます。小さい子どもの目には絶対に良くないと思うので注意すると、妻は「私だって疲れて、ずっとあやすわけにもいかないからしょうがないじゃない！」と反論するばかりで、改める気配はありません。
（35歳、男性、会社員）

――ベビーカーに乗せられている小さなお子さんが、ずっと携帯を見ているのって、電車でもよく見かけますね。

阿川　子どもにとって携帯電話は恰好のオモチャですもんね。あんなに面白いものはないでしょうね、好奇心旺盛な年頃の子どもにとっては。

でも今回のケースは、夫にも問題がある気がする。小さい子に携帯電話で遊ばせることを推奨はしませんけど、妻も子育てや家事で、いっぱいいっぱいなんでしょう。まずは夫が育児のカバーをすることが必要なのでは？

この質問を読むかぎり、どうも夫は口で妻を注意するだけで、自分が積極的に直す手立てを考えているようには見えませんね。子どもが携帯を触らずにすむ具体的な方策を、まず夫が自分で考えるとか提唱してみるとか。とりあえず自ら率先して子どもの面倒を見てみてはいかが？　そういう協力的な行動を見せた上で、「携帯さわらせないほうがいいと思うよ」って言えば、妻も納得できると思いますけど。

――でも、小さな子に携帯電話の画面でアニメやゲームを見せるのは、絶対に目によくないと思いませんか？　特に子どもって、興味があるものをジーッと見続けるじゃないですか？

阿川　たしかにね。今、子どもの視力の低下はそうとう深刻な社会問題になっているらしいし。その危機感を妻と共有しないとね。まるで「君は何も知らないのか？」とバカにしているような言い方をすれば、「そんなことわかってるわよ！」ってキッとなるのは当然ですよ。そこをね――ま、妻のご機嫌を取るのが難しいのは、わたくし自身の「キッ」となりやすい性格から推測しても理解できるのですけれど――でもそこをなんとか、「君を責めているわけじゃないけれど、本当に眼鏡（めがね）をかけた小学生が増えているからねえ。携帯とかゲーム画面の見過ぎなのかねえ……」って、やんわり水を向けるとか。

――そういうのがだいたい、世の夫婦喧嘩の元となるんですよ。そもそも、奥さんにモノ言える夫は、今やほとんど絶滅してますから。

阿川　本当に今の男たちは優しいというか弱気というか、情けないもんじゃのう。奥さんが反論するのは、亭主が怖くないからです。女性は家の中に恐れるものがないとどんどん増長します。恋心なんてもんが消滅してしまうと、なおさら言いたい放題になる動物です。だからときどき夫は威厳を持って、反撃されるのは覚悟のうえと思って、本気で叱らないと。妻も夫に毎回反撃してると、それが癖になってつい、反撃しちゃうんですよ。でも内心では、そんなにいつもいつも怒っている女を演じるのも疲れるから、甘えたい気持もあると思う。

妻だってスマホを見せることが最善の策だとは思っていないはずです。でもいっぱいいっぱいだから、夫に正論をぶつけられれば、「言われなくてもわかってるわよ！」ということになる。「わかってるわよ！」ときつく言われた途端に黙ってその場を去らないで、「そういう言い方はよくないよ！　わかってるなら、いいんだから。一緒に解決策を考えような」とか言ってギュッと抱きしめるとかチュッとほっぺにキスするとか。それだけで妻は、ちょっと緊張し、まもなくホッとして、「一緒に考えてくれる気があるのか。よかった！」って心和むものだと思う。

ポイントは子どもではなく妻の気持

――阿川さんも、ご主人には、だいぶ反撃するんですか？

阿川　ウチは私がきつく言い返したところで、ほとんどあちらさんは聞いていないから喧嘩にならないの。ウチのことはさておいて。夫が強く言ったら妻の反発が大きくなるっていうのなら、まず最初に妻を慰労する。口先ではなく心からね。その上で、どうすればスマホを子どもに触らせないで済ませられるか、子どもの関心を他に向ける手立てはないか、いろいろ提案してみる。でもきっと、口達者な妻は、夫の提案をいちいち、「そんなこと無駄よ」とか「やってみたけど効果なし」とか「なんにもわかってないのよ、あなたは」とか、溜め息交じりに言い返してくるでしょうね。でもそこでめげてはいけません。カッとなってもいけません。反論し続ける妻をじっと見つめて、「そうか。疲れちゃってるんだね、君は」と、残念そうにその場を去る。そうしたら、妻も「あら、私、強く言い過ぎたかしら。せっかく相談に乗ってくれたのに」って少しだけ反省すると思います。子どもの問題は、最初に解決すべきポイントは子どもではなく、妻の気持だと思うからね。

――そう簡単におっしゃいますが、現実には、世の夫はどうすればよいのでしょうね。

阿川　これは以前、自著の『叱られる力』に書いた話ですが、ある学習塾の先生が子どもの様子を見ていたら、どうも元気のない子どもが数人いることに気づいたんですって。で、どうして元気がないのか調査してみたところ、どうやらその子のお母さんが機嫌の悪いことに起因しているとわかってきた。そこで、なぜお母さんがそんなに機嫌が悪いのかを追求してみると、どうやらお父さん、つまりお母さんの夫が妻の話をぜんぜん聞いてくれないことが判明したんですって。

　そこで塾の先生は考えました。その方、『夫は犬だと思えばいい。』という本をお出しになった高濱正伸さんという先生なんですが、面白いの、その本もアイディアも。すなわち、

「妻の話におうむ返しをしなさい」

と。たとえば仕事から疲れて帰宅した途端、妻が堰を切ったように喋り始める。ああ、うんざりだと、心の中で思っても、とりあえず聞く、というか少なくとも聞く振りをする。「早くビールが飲みたいなあ」と他のことを考えながら、聞く振りをするためには、一つ一つのセンテンスの後ろに相槌やおうむ返しをすればいいと。

「ねえ、ひどいのよぉ。お隣さんのゴミの出し方。瓶も缶も一緒くたにしてビニール袋に入れてるし、生ゴミの捨て方なんか、汚くてひどいんだから。やんなっちゃう」

　こういう妻の話が始まると、男ないし夫という動物は概して、早く愚痴が終わってほしいと思うあまり、解決策を提示したくなるらしいんですね。

「本人にちゃんと注意してやりゃいいじゃないか！」

するとすぐさま反論しますよ。

「そんなこと、できるわけないでしょ？　関係がギクシャクしちゃうもん。だってお隣さんよ。険悪な関係になったら今後、面倒でしょ！」

すると亭主はしばし考えて、

「だったら管理人に言えばいいさ。俺、先に風呂入ってくるわ」

こうして妻のお喋りから逃げる。すなわち聞いていない。聞いてはいるが親身になっていない。そして妻は不機嫌になる。

——じゃあ、どうすればいいんですか？

阿川　高濱氏は以下のように提案しておられます。

「ねえ、ひどいのよ、お隣さんのゴミの出し方」

そう妻が語り出したら、

「へえ、ゴミの出し方が？」

「そうなのよ。昨日だって缶も瓶も一緒くたにしてさ」

「ほお、一緒くたねえ」

「うん。それだけじゃないの。生ゴミの出し方も汚いんでやんなっちゃうのよ」

「そうか、生ゴミも？」

妻が発する言葉の一つを取り出して、単におうむ返しをしているだけ。でも、こういうふうに繰り返されるとなんとなく、聞いてくれている気がするでしょう。ろくに聞きもしないうちに解決策を言われても、女は納得できないのです。そもそも女のお喋りは、解決策を求めているのではなく、ひたすら共感してほしいのです。そして妻は機嫌がよくなって、「まったくやんなっちゃうのよ。あなた、ビール飲む？　それとも先にお風呂にする？」なんてことになるんですって。私もそうなりそうな気がしますよ、女なら。

ということで、とりあえず、聞くのが面倒だと思っても、少なくとも誠意をもって聞く振りをする努力をしてごらんあそばせ。そうすれば、妻の機嫌は改善されて、夫の意見を受け入れるようになるかもしれません。そして、母親の機嫌がよくなれば、子どもも元気になるでしょう。って、子どもを育てたことのない私の意見ですから、あてにはなりませんけどね。

結論
妻の話を「おうむ返し」する。

溺愛していた高校生の娘が話してくれません

可愛かった娘が、高校生になってから私に冷たくなり、話しかけてもほとんど会話になりません。妻は「そういう年頃なのよ。よくある話じゃない」と笑っていますが、娘にはかなり優しく甘い父親という自負があったので、ショックです。

（42歳、男性、会社員）

――よくある話ですが、「自分は大丈夫」という自信があったんですね。

阿川　この方はおそらく、妻より自分のほうが娘に好かれていると信じてたんじゃない？　お母さんは口うるさいかもしれないけれど、僕は君の味方だよって、ずっとそういう娘との信頼関係を保っていたつもりだった。これだけ誠意と経済力を尽くして寄り添ってきたのだから、ぜったい嫌われないはずだと。だからこそショックが大きいんでしょうね。でもそれって、ダメでしょう。単なる自己満足であり、父親の一方的な愛の押し売りですからね。むしろお父さんが甘々だったからこそ、そういう態度に出るようになったんじゃない？

――そうですか？　思春期の娘が「お父さん、嫌い」みたいのは、ありがちじゃないですか。

阿川　「お父さん、嫌い」と心の中で思うのと、お父さんと口を利かなくなるのとでは、ぜんぜん違わない？　私だって厳しい父を何度となく、「嫌いだ！」って思いましたよ。「父親として許せない！」と思ったこともありますよ。でも、口を利かないなんて大胆な行動には出られませんでしたねえ。だって怖いもん。そんなことしたら、即「出て行け！」ってことになるもん。

実際、目を三角にして睨まれたら、本当に生きていけなくなるかもしれないと思った。だから、どれほど父親が理不尽だと思っても、露骨に反抗的な態度を取るなんて、できなかった。

このお嬢さんはきっと、お父さんのことを怖いと感じてないんだと思う。一度でも父親は怖い存在だっていう経験をしていれば、そんな大それた態度は取れないはずだからね。あるいはそんな失礼な態度を取りたくなるほど、父親を許せない決定的な理由があるのかなあ。でも、そういう雰囲気でもなさそうだしねえ。むしろ、父親が甘いから、「自分のことを嫌いになることは絶対にない。冷たくしたって平気さ」となめられているのかも。

父娘も恋人同士も同じ

――僕はてっきり、〝お年頃〟だから、父親と話さなくなるんだと思ってました。

阿川　その要素もないわけではないでしょうが、基本的には父娘も恋人同士も同じようなものだと考えたほうがいいんじゃない？　特に今どきの父親の心情はそうなんじゃないでしょうか？　娘に嫌われたくないのよ。だから何でも言うことを聞いて、叱りつけることができない。となれば娘は父親をなめるようになる。惚れた弱みと惚れられた強みの関係ですよ。男女の関係だって、カレシがずっと「好きだ、好きだ」と優しくしていたら、彼女のほうは「他の男と夜遅くまで飲み歩いても、あの人、怒りゃしないわよ」とつけあがるでしょう。父と娘も同じだと思います。

――親子関係って、必ずしも親が上ではない？

阿川　本来は上であるべきでしょうけど、今はどうなんだろう。これは私の勝手な思い込みですが、父親が息子や娘に対して、「君」って呼び始めた頃から、力関係が揺らいできたような気がする。親が絶対権力ではなくなったような。「君はどう思う？」「君の気持はよくわかるよ」なんて理解ある親を演じるようになってから、父権って軽くなってきたわよね。

まあ、民主主義の時代ですから、親子の間も平等っていうのはけっこうなことだけど。でも教育の責任があるうちは、なんでもかんでも子どもの言い分を理解してわがままを許すっていうのも、どうなんでしょう。

――反抗期の娘は大概、あからさまにつっけんどんだったり、不機嫌だったりするもんなんじゃないですか？

阿川　このお父さんはもしかして、娘に反抗期が来たこと自体を認めたくないのかも。いつまでも自分の膝に乗ってくる可愛い娘でいてほしいんだね。でも、大なり小なり親のことを「面倒だ！」と思う気持は、子どもに一度は訪れるものでしょう？　脚本家の大石静さんがあるとき、「親のことがずっと好きな子どもなんているかしら。親に不満を持つから家を出たいと思うのであって、いつまでも親と一緒にいるのが幸せだと思っている子どもは、生涯、自立できないわよ！」っておっしゃって、なるほどねと思いました。科学的根拠があるのかどうかはわからないけど、子どもには反抗期ってものがあるからこそ、心身ともに親元を離れて成長するんですよ。もう、昔の〝可愛らしい女の子〟を卒業していることに、お父さんは気づくべきだと思います。

娘に嫌われる理不尽な父

――そうは言っても、中学生くらいまでは〝可愛らしい女の子〟だったのが、高校生になって急に冷たくなったら、父親は普通、戸惑うでしょう。

阿川　そこが弱いっつうの、お父さんは！　私の父は本当に憎たらしいほど身勝手な父親ではありました。なにしろ、養ってもらっているうちは、子どもに人権などないと思えって言われてたんですよ。「今は反抗期だから様子を見よう」なんて思いやりなんかあったもんじゃない。子どもの都合なんて完全無視でしたからね。

でも、父からそんなふうに言われたら、当然、娘の私は、「ひどい親だ」と父を嫌うようになる。言い返したり口を利かなくなったりはしないにせよ、娘の態度を見れば、「お父様、大好き！」でないことは本人もわかっていたでしょうなあ。いま思うと、それがすごいと思うのよ。娘に嫌われてもかまわないって考えていたわけでしょう。

ウチの父だけでなく、私のまわりにはそういう「娘に確実に嫌われるであろう理不尽な父親」を演じていたお父さんは多かったと思う。お父さんは、そういう存在だった時代があるのよね。どんなに娘に嫌われようとも、親としてこれだけは言っておかねばならぬ。社会に出たときに勘違いしないよう、俺が徹底的に思い知らせなければならんって感じのお父さんがね。ところがいつの頃からか、父親は無条件に娘に甘くなった。

以前、『叱られる力』を出したとき、取材を受けた雑誌の男性記者が、「親が子を叱ることが下手になってきてますからねえ。僕も息子は怒鳴りつけたことがあるけど、娘を叱ることはできない」っておっしゃるの。「どうして？」って聞いたら、一言ぽつり。

「やっぱり娘には嫌われたくないんですよぉ」だって。驚いちゃった。

「お前はなにを勘違いしとるんだ！」

――今回は特に、質問者への視線が厳しいですね（笑）。大正生まれで戦時中は海軍の軍人であり、猛烈に厳しかった父上を基準にしては気の毒ですよ。

阿川　まあ、ウチの父のように暴君になれとは申しません。それでは子どもが気の毒だ。でも一応、年上であり、自分を育てるために一生懸命働いている人に対して、「お父さん、うざい！」とか「お父さん、クサい！」なんて偉そうな口利いている娘を見ると、「お前はなにを勘違いしとるんだ！」とどやしつけたくなりますね。

最近、そういうテレビコマーシャルがあるの。そのお父さん役の役者さん、好きだから、私、テレビに向かっていつも言うのよ。「もう、どうして娘に好き勝手言われて大人しくしてるの！　叱りつけなきゃダメでしょ、父親なんだから！」ってね。ウチの父なんか、ことあるごとに、「いったい誰のおかげで、こんな暖かい部屋に住めると思ってるんだ。誰のおかげで学校へ行けると思ってるんだ！」って。そのたびに、「お父ちゃんのおかげ。お父ちゃんのおかげです」って泣きながら唱えてました。

――阿川さん、そんな居心地の悪い家で、よく我慢してきましたね。

阿川　父親が厳しいっていうのはさ、プレッシャーはあるけど、他のことを気にしている余裕がない、っていうメリットもありますよ。

大学のとき、すごく好きだった人にフラれて、意気消沈して家に帰ってきたのね。そしたら母が私のことをチラッと見て、「なんかあったの?」って。「じつは……」って言いかけたタイミングで、父が書斎から「おーい! ちょっと来てくれよ」って大声で呼んだものだから、母は、「悪いけど、お鍋、沸騰しないように見ててちょうだい」と言い残して父のところへ飛んでいっちゃった。

しかたないから私は台所へ行って鍋を見守り、まだ赤ん坊だった下の弟がうろうろし始めたから、怪我しないように監視して。その合間にもう一人の弟と父が喧嘩を始めて、まわりはおろおろするって具合で、自分の失恋ごときに落ち込んでいる暇なんかないのよ。自らの痛み以上の痛みが生じたら、そちらに対処するので精一杯になりますからね。

――じゃあ、このお父さんも明日から、「こらっ、誰のおかげでご飯が食べられてると思ってるんだ! 誰のおかげで学校に通えてると思うんじゃい!」ってプレッシャーを与えたらいいですね。

阿川　そこまでしろとは申しませんけど、このお父さんは、娘の態度にいちいち一喜一憂しないほうがいいと思います。ほかに、自分が大事だと思うことに向かっていったらどうかしら。あるいは、娘に向けていた愛情を、今度は妻に方向転換してみるとか。

どうせ気を遣うエネルギー量が同じなら、奥さんのご機嫌を取っておくほうが、見返りが大きいと思いますけどね。

娘のことはしばらく無視無視無視！　娘が父親を必要になったら、あちらから近寄ってくるんだから。娘の顔色を窺(うかが)っているうちは冷たくされ続けると思います。好かれたいと思ったら、媚(こ)びるより、ときには怖い父親になること。そうすれば尊敬されるようになるでしょう。

なんかやっぱり恋愛相談みたいね。あの人が私を無視するの、どうしたらいいですかって感じ？

結論
娘が無視できないくらい、怖い父親を演じてみなさい！

高校生の息子がエロに興味を持っていないようです

高校2年の息子の部屋には、まったくエロ系のものがありません。ネットで見ているのかもしれませんが、性的なものに興味がある感じがしないのです。風呂には一日二回は入り、潔癖症すぎる面もあります。自分が同じ年だった頃を考えると、異常なんじゃないかと心配になります。（47歳、男性、会社員）

——こういう青少年は、確かに増えているみたいですね。

阿川　本当に増えてるの？　たしかに世の中、清潔と除菌を謳いすぎの傾向があるからねえ。今回のコロナ騒動よりずっと前から気になっていたんだけど、テレビ局などの化粧室に入ると、隣の個室から、トイレットペーパーをたぐる「カランカランカランカランカラン、カランカラン」って大きな音がするの。これは、トイレットペーパーを固定しているホルダーのカバーを手で押さえないで、紙だけを下に勢いよく引っ張っているからだと思うのよ。蓋をもう片方の手で少しだけ上にあげてペーパーを引けば、あんなに音はしないはずだもの。しかも、それが延々と続くの。いったいどれだけお尻の穴が大きいんだ？　って突っ込みたくなるぐらい。

あと、外のトイレに入ると、トイレットペーパーがまるで爺さんのふんどしみたいに下に長ーく垂れたまま放置されていることがありますよ。あれは、カランカラン族が、片手でトイレットペーパーを引っ張り続けるから、ダラダラと長く出ちゃったんだと思うの。

潔癖症のなせる業

――トイレットペーパーとエロがどう結び付くんですか？

阿川　何が言いたいかというとね、これすべて、潔癖症のなせる業だと私は疑っておるのです。ホルダーを触りたくないし、自分のお尻の汚れが手につくのもいやだから、余計なところには触れずに、出来る限りたくさんトイレットペーパーを使って、コトを済ませたいんじゃないかと。心当たりのある方は、編集部までご連絡くださいませ。ご本人の言い分を是非伺ってみたい。

現行犯の顔を押さえたいと思って、カランカランが隣の個室から聞こえたら、いち早く自分の用を済ませて、手洗い場で「どういうこと？」と尋問してみたい意欲満々なんですけど、一度も成功したためしがない。若者と違って、歳を取ると何をやるにも時間がかかってね。慌てててパンツを上げてボタンをとめて、なんてやっているうちに、犯人に逃げられてしまうのよね、悔しいことに。

話が少し逸れましたわね。そういうわけで、あらゆることに対して「汚いかも」ってことばかり気にしてたら、それは行き着くところ、他人とのスキンシップなんて、耐えられないほど不潔なことに見えちゃうんじゃない？

昔のオトコは、「汚いかも？」と思う以前に、「押し倒したい欲」のほうがはるかに勝っていたからね。アナタ様なんか、そのあたりの世代でしょ？

――……記憶にございません。

阿川　政治家と官僚と疚しい気持がある男の「記憶にございません」は、事実と認めたのと同じでしょうが！　いまどきの潔癖症候群の若者は、動物園でバイトさせてはいかがでしょうか？　動物の行動生態を毎日観察しているうちに、「生きるということは！」という、生物として根本的に大事なことが見えてくるんじゃないかしら？

――こんな潔癖症の子が、いきなり動物園で働いたら、卒倒しちゃいますよ！

阿川　あらそう？　じゃあせめて、NHKの「ダーウィンが来た！」を見ることをオススメしますね。番宣するつもりはないですが、あの番組は面白いよ！　地球上のあらゆる生物が、誰に教育されたわけでもないのに、どれほどそれぞれの本能とルールで逞しく生きているかがわかって感動しますよ。人間なんて頭でっかちになるばかりで、どんどんヘタレになって、本来持っていたはずの能力を怠けさせて、ひたすら退化の道を進んでいることがよくわかる。
新型コロナのせいで、ますます「潔癖症」に拍車がかかっているようで怖いわね。もちろん今は丹念に手洗い、うがいをし、マスクをしっかり着けなきゃいけない状況ではあるけれど、あまりにも潔癖意識が進むと、人類は脆弱化して、いずれ消えてなくなるんじゃないかしら。新生児室じゃあるまいし、ほどよい雑菌は受け入れないと、それこそ免疫力がつかないぞ！

オスの脳の九割はメスのことで占められている

――いまは生まれてからずっと、無菌状態みたいなもんですからね。
阿川　私の同級生に初めて赤ちゃんができたとき、母親初心者だったから、できるだけ「清潔」を心がけていたんだそうです。この子にバイ菌が入って病気になったら自分の責任だって。ところが、たまたまテレビを見ていたら、どこか外国の子どもたちが、日本のように衛生環境がよくないのに、太陽の光をぞんぶんに受けて、上半身裸で土にまみれて、手も洗わずにご飯を食べて、ケラケラ笑って逞しく幸せそうに生活している姿が映し出されていた。

「そうか、子どもはこうじゃなきゃね！」

彼女はその映像を観て俄然、勇気が湧いてきて、それ以来、床に落ちた食べものも「3秒ルール！」って言いながら、拾って子どもに与えるようにしたんですって。「3秒以内なら食べられる」って意味ね。

その話を聞いて、私もいつか母親になったら、これくらい逞しくなろうって決心しました。粗雑な母親になる夢は結局、叶わなかったけどね。

――また話が脱線してますよ（笑）。

阿川　おっと失礼。話をご質問に戻すと、かつて動物行動学の日高敏隆先生がおっしゃっていた話を思い出します。すなわち、「動物のオスの脳の九割は、メスのことで占められている」って。

それはエッチなことを妄想しているという意味ではなく、オスは常に、「種の保存」を念頭において行動しているということですね。オスにとっては、いかにいいメスと出会って、自らの優れた種を継承してもらうかが、生きる上での最重要課題であると。申し上げるまでもなく、動物の世界の大半は「フィメール・チョイス」（メスがオスを選ぶ）ですから、メスに選ばれるためにオスは常に身だしなみを整え、派手に振る舞い、ときにダンスを披露したり、いい声で鳴いたり、「もう新居もご用意しております」と巣作りをしたりして、「あら、このオスにしようかしらん」とメスに選んでいただけるよう、あらゆる努力をする。このように、本来の動物ないし生物全般は、「種の保存と継続」のために、それぞれのメカニズムを駆使して生涯を全うするものなのだそうです。

でも、人間はもう少し複雑ですよね。必ずしも生殖だけが生きるための最重要課題でも幸せでもなくなった。だから、異性と一緒になることが人生の最大の目的ではないし、結婚したのに子どもができなくても、幸せに生きていく手立てはいくらでもある。そうなると、性欲なんてものは、人生の脇役に退かざるを得ないのかもしれないわねぇ……。

——なんか阿川さん、珍しく真面目な話してますね（笑）。この少年が「ダーウィンが来た！」を観て、動物の生態を頭では理解できたとしても、潔癖症はなかなか治らないんじゃないですか？

阿川　そうね、おっしゃる通り！　性的なことって、人に教えられることではなく、大人に見つかったら大変だ、とドキドキしながらこっそり知るものでしょう。だからこそ、なおさら興奮したり憧れたりするもの。親が教えようとしたら、息子さんはシラけちゃって、興味が湧かなくなるんじゃないですか？

いつまで経っても、そちら方面に興味を抱く気配がなければ、しかたないでしょう。それはそれで息子さんは幸せなのかもしれない。その幸せな気持を見守ってあげるのも、親の大切な役割です。だいいち、知らぬは親ばかりなり、で、案外、外では活動的かもしれないしね。

結論
「ダーウィンが来た！」を見せよ！

大学生の娘が女優になりたいと言い出しました

大学2年の娘が、就職はせず女優になりたいと言い出しました。周りから、「○○ちゃん（娘の名前）カワイイから、芸能人になったほうがいい」と言われ、マイナーなミスコンに応募したら準グランプリをとれたので、その気になってしまったようです。父親からみると、確かにカワイイほうではあるかもしれませんが、とても女優としてやっていけるレベルではないと思います。本音としては止めたいのですが、阿川さんから見て、芸能界はどんなところですか？

（46歳、男性、会社員）

――来ましたよ、女優としての阿川さんへの質問が。

阿川　私に聞いてどうするおつもりなんでしょうね。芸能界の内幕なんて、私、ぜんぜん知らんぞ。ただね、いくら親だからといって、「女優としてやっていけるレベルではありません」と決めつけないほうがいいと思いますよ。このお父さんは、どのレベルの顔なら女優としてやれるとお考えなのでしょう？ もちろん信じられないほど美しい女優さんはこの業界にたくさんいらっしゃいますが、ただ「美しい」だけで大成した方は、一人もいないと思いますよ。このお嬢様のお顔がどんな具合かわからないけれど、まわりから「可愛いから女優になれば」と勧められるぐらいだから、そうとう可愛いんじゃないの？ 「可愛い」というのは、顔の作りだけでなく、表情とか仕草とか性格とかを総合して「チャーミング」ということでもあるからね。

――でも、娘には〝親バカ〟な父親が多いのに、このように言われているってことは、「芸能人としては厳しいだろう」と本気で心配しているのかもしれませんよ。

阿川 だからきっと、「この程度の可愛さで」とお父さんが謙遜しているのは、「女優のレベルではない」という意味ではなく、そんな危険な世界に可愛い娘を放り込むことへの不安のほうが、大きいんじゃないですかねえ。

芸能界に娘が入りたいと言い出したら、少なくともその世界と縁もゆかりもない親は心配するでしょうね。ろくでもないプロデューサーに騙されて、捨てられて帰ってくるんじゃないかとか想像しちゃうよね。だいたい採用したいときは、恥ずかしくなるほど褒めそやし、「こりゃダメだ」と見切りをつけると冷たいからね、この業界。

そんな怖い世界に娘を入れるのがよほど心配ならば、まず親としては、反対である意志をはっきり伝え、本人の決心がどれほど固いものか聞いた上で、決断されたらいいのではないですか。親の反対を押してでも芸能界に入りたいと思うなら、さらに強い覚悟ができるでしょうからね。

「女優になりたい！」と宣言した手前、そう易々と能天気に帰ってこられないとわかれば、少々つらいことがあっても頑張るでしょう。最初から「つらかったらいつでも帰っておいで。困ったら、いつでも援助するよ」なんて送り出したら、誰かにちょっと叱られただけで、すぐに戻ってきちゃいますよ。

でも、「いつでも辞めていいよ」と親に言われて、かえって辞められなくなって頑張ったという役者さんも、けっこういた気がする。どっちがいいんでしょうね。

いずれにしても、今どきの父さんは、「俺は断固反対だ！　どうしてもやってみたいのなら出て行きなさい。成功するまで戻ってくるな！」なんて、言えないだろうなあ。言ってみてもらいたいけど。

お母さんが仲介役に

――このお父さんは芸能界に入ってほしくないのに、「成功するまで戻りません！」なんて言われちゃったら、どうするんですか？

阿川　そうなったらお父さんこそ、覚悟を決めることですよ。自分の意志を貫く。

男に二言なし。それが男親というものでしょう。

そこで爽やかに登場するのが、お母さんですからね。上手く仲介役になって、「お父さんはあんなふうに怒ってるけど、本当は心配でたまらないんだよ。心の中では応援しているから、頑張ってきなさい」なんて、フォローしてくれるでしょう。あら、私って、昔のドラマの見過ぎ？

まあしかし、それで家を出ていって、万が一挫折したとしても、失敗は成功のもとですよ。必ずや大きな力になるから、無駄にはならないと思います。

それに、未知の新しい世界に出て行けば、そこでたくさんの人との出会いがあるにちがいないし、本来の目的は果たせなかったとしても、別の道が開けるはず。身のほどを知ったり、社会の厳しさに痛めつけられたりして、さんざん悔しい思いをして、それでも親に甘えられないとなれば、娘さんだって必死になりますって。

生涯、自信が持てない私

——阿川さんは、芸能人にもたくさんインタビューされていますが、その経験から言えることはありますか？
阿川　ひどい目に遭って落ち込んで、そのあと「この野郎」と思って立ち直った人ほど、強い人になっているし、人に優しい気がしますね。一度も痛い目に遭ったことのない人は、相手の痛みにも鈍感だと思う。

だから、逆境を与えて、その覚悟を問うという意味では、娘さんに「お前には無理だ」と言うのも一つの手かもしれませんね。親に「女優のレベルに達していない」とひとこと言われただけで、さっさと諦めてしまうぐらいなら、そもそもそんなに激しい情熱がなかったということでしょう。

自分のやりたいことが見つからなかった私は、「ちょっとこれ、やってみようかな」と思って親に相談すると、「そりゃ、お前には無理だ」って言われて、「ああ、やっぱりね」とさっさと諦めてばかりいましたからね。そこで親と闘おうという気概は、最初からなかった。父と闘うより、自分の欲望を諦めるほうがよほど簡単に見えたから。そういう娘はダメですよ。生涯、自分に自信が持てない。

ならばなぜ今、仕事を続けているんだと問われると、「やってみれば！」という父以外の優しい声に乗せられたからかな。せっかく「やってみれば！」と言ってくださる人がいるのなら、そのチャンスを無視するのはもったいないと、そこはケチのなせる業というか、人にほだされやすい性格のせいというか。一度、始めると今度は、「引き受けたのに、このざまはなんだ！」と怒鳴られるのが怖くて必死になる。小心な性格も、ときには役立つことがあるということですね。

私の話はさておき、この娘さんが第一関門である父親の反対を突破して、夢を叶えようという勇気をもって出発したら、その先で今度は他人から、父親よりひどい言葉を投げかけられるかもしれない。そんなとき、きっと父親の言葉を思い出すのです。父親としての愛ゆえに、第二関門を通過するための予行演習として、関所を用意してくれたのか、と気づかされるかもしれませんよ。

このお父さんも反対を貫くなら、経済的な援助は一切しない、くらいの覚悟を決めてくださいね。「娘に嫌われたくない」なんて意気地のないことではダメです。これは父親にとっても試練になりますね。

――何年やっても芽が出なくて、路頭に迷いそうになっても、放っとくんですか？

阿川　娘が落ち込むたびに手を差し伸べていたら、反対した意味がないけど、ここは本当にヤバいぞというところは、親ならわかるはず。親として、娘がこれ以上は耐えられないだろうというタイミングを、しっかり見極めることが大事だと思う。「お前には無理」と送り出したはずなのに、「やっぱり無理だったぁ」と安易に娘が戻ってきたら、内心はホッとするかもしれないけれど、態度は毅然としなきゃ。「ああ、よかったよかった。じゃあ、あとはお父さんに任せなさい。就職のことは俺が口を利いてやるよ」なんて、親のほうが嬉々として動き出したりしたら、それこそお嬢様の甘え癖は生涯、抜けなくなりますよ。

やっぱり実力のある女優さんって、根性が違うね。私が最近お会いした方でいうと、高畑充希さん。小さい頃から舞台が好きで、小学生の頃から何十回と、芸能事務所や舞台のオーディションを受けたけど、落ちまくった。そのうち落ちるのが当たり前になってきて、「はい、次」って感じになったそうです。

でもその間、演劇学校に通って、歌、芝居、ダンスなどを習って、ますます表現するのが楽しくなった。別に役が来なくてもいいやって、その場を思い切り楽しむことにしたんですね。

置かれた場所で活き活きしていると、必ず誰かが見ているものですよ。目標をもつことは大事だけど、思い通りに道が開けなくて頓挫したとき、「なんで私は目指すところに行けないんだろう」とか「私はこんなところにいるべき人間ではない」とか現状に不満ばかり持っていると、毎日がつまらなくなるでしょう。

ここは自分の行きたい道とはかけ離れているかもしれない、と感じながらも、そこに自分なりの楽しみを見つけることができる人は、やっぱり強いです。これは芸能界にかぎらないけれど、他人様の書名をお借りするならば、「置かれた場所で咲きなさい！」ですよね。

「芸能界はどんなところか」と訊かれたら、私には上手に答えられないけれど、どこにいても、どんな状況であろうと、どれほど不遇であっても、溌剌と生きて行く力を身につけることができたら、それだけで満点でしょう。親は「可愛い子には旅をさせ」て、子は「置かれた場所で楽しいことを見つけなさい」と申し上げておきましょう。そういう娘に成長させるためにも、父親は覚悟を持って、徹底的に反対してください。

結論
本当に反対なら、あえて厳しい言葉で送り出しましょう！

高校１年生の娘が学校でシカトにあっているようです

高校１年生の娘がクラスでシカトされているようです。娘は明るく社交的な性格で、幼稚園の頃から友だち付き合いで苦労したことはありませんでしたから、親としては戸惑っています。ちょっとした誤解が原因のようで、それほどヒドイことをされているわけでもないらしいのですが。放っておいたほうがよいのか悩んでいます。（47歳、女性、会社員）

――阿川さんは〝いつも明るく元気よく〟って感じだから、いじめに遭ったことなんかないでしょう？

阿川　アナタは私のことを、なにも分かってないわね。私も人知れず、つらい思いをしていた時代があったのよ。小学校の頃には、いじめられて泣いて帰ったこともありました。

――へー、そうなんですか！　そんなとき、お父様はどんな感じだったんですか？　軍刀もちだして、「いじめたのは、どこのどいつだ！」って激高したり？

阿川　そんなわけないでしょ！　珍しく穏やかな口調で私に話しかけてきて、「お前は学校でいじめられて泣いているそうだな。俺も友だちによくいじめられているんだぞ。柴田錬三郎とか吉行淳之介とかにな。俺も一生懸命、我慢している。だからお前も我慢して、元気を出しなさい」って。

いま思い返しても、とうてい説得力のない慰め方なんですけどね。でも父がそんなふうに私に優しく語りかけてくれたことが本当に珍しかったので、ある意味、感動しました。

ただ、そのとき父が、「おそらくお前にも悪いところがあるのだろう。だからいじめられるんだ」とも言ったのね。その言葉には、「私は何も悪いことしてないのに、なぜそんなことを言われなきゃいけないのか」って、深く傷つきました。

――なんか、阿川弘之氏らしい慰め方ですね（笑）。

阿川　その後、中学で私立の女子校に入ったんですが、実はそこでもいじめられたというか、まあいたずらみたいな明るいいじめではあったんだけど、そういう日々を過ごして、ふと小学校時代のことを思い出してね。父が言った通りかもしれないと思ったんです。場所も人も変わったのに、相変わらず私はいじめの対象になっている。ということは、私に悪いところがあるのかもしれないって。

ずっとそれがコンプレックスで、友だちとうまくいっているときも、どこかオドオドしてて、明日は嫌われるんじゃないかとか、あそこでみんなが笑っているのは、私の悪口を言っているんじゃないかとか、他人の目を気にしてばかりいてね。自分の性格の嫌われやすそうなところを、必死に隠して生きていたんですよ。

ところがあるとき、ウチに友だちが遊びに来て、私がいないところで母とお喋り(しゃべ)をしながら、「アガワは、まっしぐらな性格だからねえ」って言ったらしいんですね。あとで母が「友だちはあんたのこと、よく見てるわねえ」って感心してたんですけど、私は仰天(ぎょうてん)。隠していたつもりの性格は、すっかり見抜かれていたのかと。

そんなことがあって、高校1年のときだったか、父の用事で私が一週間ほど学校を休んだことがあって。病気ではなく登校拒否でもなく、海外旅行だったんですけど。帰ってきて学校に行くとき、みんなに冷たい目で見られるんじゃないかとオドオドしてたら、廊下でクラスメートが、「あっ、アガワが帰ってきた。アガワが帰ってきたぞー」ってキャッキャ騒いで、スキップしながら飛んできたんですよ。そのうちみんな集まって「お帰りー」って。このときは、涙が出るほど嬉しかったですね。「こんな私のダメな性格を知った上で、ちゃんと友だちとして認めてくれている。もうこれからは隠さないで堂々と生きていこう！」って決めた瞬間でしたね。

食べて寝て、エネルギーを蓄える

――しかし、この質問にあるような、今どきの女子高校生に「お前も悪い」なんて言ったら立ち直れないかもしれないし、いきなり旅行に連れていくわけにも行かないだろうし……。

阿川　今のいじめは根が深いみたいね。昔と違ってネットがあるから。面と向かって意地悪されるのもつらいけど、ネットで拡散されたら、たまったもんじゃないわよね。そんなつらい思いをしている娘を親はなんと言って助ければいいのか……。

私が親の立場だったら、あれこれ質問攻めにしないで、とにかくそばにいて見守る。ギュッと抱きしめる。そして、「たとえ天地がひっくり返ろうとも、たとえ世界中の全員がお前のことを批判しようとも、父さんと母さんはいつだってお前の味方だ。大丈夫。ずっとお前のそばにいるよ」ってことを、言葉にするのが照れくさかったら、態度でしっかり伝える。「いざというときは、お前のために戦う用意もあるぞ！」という親の思いを表明しておくのはどうでしょう。

――それカッコイイですね。僕ならあえて、いじめの話題には触れずに、笑わせようとするかもしれません。

阿川　笑わせるのは大事ですね。笑ってくれるかどうかはわからないけれど、笑わせようと努力している父親の姿は健気（けなげ）でいいですねえ。あと男親だったら、「食欲はあるか？　なんかうまいもんでも食いに行くか？」ってのも、お父さんらしくていいのでは？　おいしいものを食べて、「おいしい！」と感じられたら、少しは気持が楽になるだろうし、あとは寝ることをお勧めします。たくさん寝れば、とりあえず肉体的にはエネルギーを蓄えられますからね。

少しでも元気が出てきたら、お嬢さんも心の内を親に喋る気になるかもしれないですよ。あまりにも落ち込んでいるときって、誰かに喋る力も出ないからね。そういうときは、黙って見守るしかないんじゃないかしら。あまり問い詰めると、かえって心を閉ざしてしまうかもしれませんからね。

私の父が、「俺も友だちにいじめられている」と言い出したのは、今思えば、「つらい思いをしているのはお前ひとりだけじゃないんだぞ」ということを伝えたかったのでしょうね。ちょっと表現が足りなかった気はするけれど。でも、それに気づいたら、楽になるんですよ。自分だけがつらいと思っている娘に、「つらい思いをしているのは、自分だけじゃないんだぞ」と気づかせることができれば、少しは楽になって、視野が広がると思います。

そのための具体的な言葉は、ご自分で考えてくださいませ。家族には、その家族それぞれに説得力のある比喩（ひゆ）があると思いますからね。ウチの場合は柴田錬三郎さんと吉行淳之介さんでしたけど。

結論
娘の味方であることを、しっかり伝えましょう。

22歳の娘が男と同棲すると言ってきかません

22歳の娘が1年付き合ったカレシと同棲したいと言い出しました。最近は、何年か同棲してから結婚するのが当たり前になっているそうだし、娘の決心は固いようですが、昭和40年代生まれの自分には違和感があります。親としてどう受け止めればよいのでしょうか。

（50歳、男性、公務員）

――僕もこのお父さんとほぼ同世代ですから、違和感を覚えるのは、分からないでもないですね。

阿川　昭和40年代生まれでも抵抗があるの？　じゃ、昭和28年生まれの私が驚くのも無理はないですな。私が育ってきた時代は、結婚前に男と暮らすなんてことは許されなかったですし、世間的には眉（まゆ）をひそめられる対象だったもの。私自身も「同棲なんて不潔」と思っていました。『同棲時代』って映画が流行（はや）った頃だけど、なんて言うか、親の言うことを聞かない不良がやることってイメージだったわね。

なぜ「結婚前だと不純」で「結婚後は頑張れ」なのか？

――そこから何十年と人生経験を積まれて、お考えは変わりましたか？

阿川　変わりましたねえ。あるときアメリカ人の友だちに言われてね。「一度も一緒に生活したことのない人と結婚を決めるほうが危険よ。セックスも含めて、生活をしてみないと相手のことはわからないもん。デートをするだけじゃ、いいところしか見えないし」って。

当時、たくさんお見合いをしていた私は、「お見合いで互いによそいきの顔しか見せないで、どうやってその人の本質を知ることができるのだろう」と悩んでいたから、心に響きましたよ。でも、お見合いして、「じゃ、しばらく一緒に暮らしてみましょうか」ってわけにもいかないからねえ。結婚前に同棲したほうがいいと思うようになったとはいえ、いざ「同棲します！」と親に言えるかといったら、そんな勇気も環境も整っていませんでしたから。結局、経験したことはない。残念でした。

このお父さんは、世代的には抵抗を覚えても、娘の申し出を無下（むげ）にはできないと思っているのかしら。必ずしも「俺は絶対許さん！」という気はないのかな。

まず、自分の本心がどこにあるのかをよく考えてみたらどうでしょう。「反対したら娘に嫌われるかもしれない」ことが不安なのか、その男を「娘を託せるほどの人間ではない」と感じているからなのか、世間体を気にしているのか……。あるいは、娘がその男とベッドに入ることを考えると、耐えられないってことなのか。その上、結婚もしていないのに、万が一、子どもでもできちゃったら、それこそ取り返しがつかないし、体裁も悪いと心配しているのか……。

ずっと疑問に思っていることなのですが、世間というものは昔から、「結婚前のセックスは不純」だけど、「結婚したらたちまちセックスを推奨」するのは、どういうことなのでしょう。だって新婚旅行に出かけるカップルを、駅のホームで見送る人たちが叫ぶのはたいがい、「頑張ってこいよー」でしょ。何を頑張るの？　セックスでしょ？　そんなにおおっぴらに応援するんかい？　とびっくりしたことがある。

かたや結婚前のセックスとなると、今はだいぶ変わってきたかもしれないけれど、どこかで「いいのか？」ってイメージが残っているでしょう。少なくとも私の世代では、「結婚までは操を守るのです」という言葉がまかり通っていましたからね。

まして父親の立場になれば、愛しい娘が結婚相手でもない男と、その、なんていうんですかね、ベッドでイチャイチャしながら生活をするなんて光景を、想像しただけでおぞましいんじゃないの？　でももう、時代は変わりましたからね。お父さんは腹をくくるしかないのかもね。

たくさん経験したほうが寛容になれる

――この質問を読むと、このお父さんは本音では、娘さんに思いとどまらせたいのでしょうね。

阿川　いくら思いとどまらせたいと思っても、娘さんの意志が固かったら無理でしょう。それとも、それだけの強権発動ができるお父さんなのかしら？　娘も納得のいく理由があれば別だけど。

話は少し逸れますけど、私の知り合いの若い女の子が、彼氏と別れる別れないでモメたときに、「あなたは、もっといろんな女性と付き合ったほうが、人間が大きくなると思う。私自身も、もっと多くの人と付き合ったほうが大人になるはず。だからここでいったん別れましょう」って平和裏に話し合ったそうな。「いろんな人とお付き合いをした結果、再会して、お互いにまだ愛し合っていることがわかったら、またお付き合いをしましょう」って。私よりずっと若いのに、ずいぶん客観的な意見を言えるものだなあと感心しちゃった。

あっちもこっちもってフラフラと交際するのはどうかと思うけど、自分はどういう人と相性がいいのか、愛し合うということはどういうことなのか、一緒に暮らすと何が見えてくるのかなんてことは、できるだけたくさん経験したほうが、相手に寛容になれるのではないかって、その話を聞いたとき思いましたよ。

言ってみれば同棲は、〝試着室〟みたいなものではないでしょうか。見た目で気に入っても、着てみたらしっくりこないってことはあるでしょう。色やデザインには、たいして惹かれなかったけれど、着てみるとすごく似合っていたとかね。

もちろん、経験を積めば積むほど、人間味が豊かになるとはかぎりません。同棲が誰にとっても必ず必要なプロセスとも思わないけれど、経済的にも精神的にも、家族以外の人間と一緒に生活するのが、いかに大変なことかを知ると思うし、それまでどれほど家族に守られて暮らしていたかに、気づくチャンスにもなるのではないかな。お父さんとしては、奥様ともよく話し合って、娘の成長のためには、どの選択が最良であるのか、考えてみてください。

――同棲を止めるのは諦めるとして、娘が別れてすぐに戻ってくる、というのがお父さんにとっては最良なのかもしれません。

阿川　いちばん良くないのは、娘に嫌われたくないからといって、「まあ、いいんじゃないの？」なんてよく考えもせずに曖昧な感じで認めることかな。結局、面倒なことからは逃げたい、という父親の度量の小ささが露呈して、信頼を失うことになりかねませんよ。

そのあと娘が同棲を解消して「家に戻りたい」と言い出したとき、お父さんが「俺は最初から反対だったんだ。だから言わんこっちゃない」と怒ってみても、説得力を持ちませんからね。対するお母さんは「まだ若いんだし経済的にもキツいらしいから、戻ってもいいじゃないですか」なんてことになって、お父さんは「お前はあっちの味方なのか!」とか言い返すのは、目に見えているでしょう。

別の質問のところでも言いましたが、たとえ同棲を認めたとしても、安易に経済的な援助をするのはいかがなものかと。もし「同棲するんで、お父さん、家賃を払ってね」と言われたら、それは「ふざけるな!」と叱り飛ばしていただきたい。「お前たちが一緒に住みたいというのなら、お前たち自身で何とかしろ。どんなボロアパートでもいいから、自分で探せ。一円たりとも援助はしない!」ってな具合に、毅然たる態度を見せるべきでしょう。

あるいは、「もし子どもができても、親に頼らずにちゃんと育てる覚悟があるのか」と娘さんに問う。要するに、娘さんにどこまで覚悟があるのかを、ちゃんと聞いておくべきですよね。

親の反対を押し切ってまでも同棲を強行するのは、自立したいという表明でしょ。自立するということは、娘さんも同棲相手も、社会人として、それだけの責任を取らなければいけない。その上で、その男と別れることになってしまった場合には、どうする覚悟なのか。また親元に戻る気なのか。あるいは、一人で衣食住をまかなっていくのか。

娘さんにとっては、そういう将来に対する想像力を培うべき時期なのかもしれないね。

結論としましては、お父さんにこれだけは宣言しておいてほしいですよ。

「どうしても同棲したいなら、いたしかたあるまい。ただし、一緒に暮らすことに対する責任感を持て。たとえその結果が失敗に終わったとしても、もはや親の経済力に頼ろうなどという甘い考えは通用せんぞ。それだけの覚悟があるのなら、しっかりやってきなさい」

なんてね、お父さん、言えるかなあ、怪しいなあ。

結論

同棲は〝試着室〟と心得よ。

妻のカバンに使いかけのコンドームが入っていました

ひょんなことから、妻のカバンにコンドームが入っているのを見つけました。二つほど使った形跡もあります。もちろん、われわれ夫婦用ではありません。問い詰めたいのですが、最悪のケースを知るのは怖いです。（32歳、男性、会社員）

――これは夫としてどう出るか、難しいところですよ。

阿川　残りのコンドームを、夫婦で使ってみるというのは？「今日あれ使ってみよか、なんか、君のカバンに入ってたよ」って（笑）。それで反応を見るの。

――このご主人は本気で心配しているんですよ。からかってる場合じゃないですよ！

阿川　あら、からかってるわけでもないのよ。昔、ジャーナリストの秋元秀雄（あきもとひでお）さんがこんなことをおっしゃっていたのを思い出したの。

「妻が旅行に出掛けていると思い、亭主が家に女性を連れ込んだ。セックスの最中に妻が帰ってきても、『絶対にやっていない』と言い続けることが大事だ。たとえその現場を押さえられても」と。「女というものは、事実を認めたくない気持があるから、本人が『やった』と言った途端にすべてが終わる。『今、君の目に映っているものは、何かの間違いだ。浮気なんぞではない！』と本人が否定し続けると、妻は『そうかもしれない』と思うようになるんだ」って。一種の洗脳みたいな感じ？

たしかに「信じたくない」という事実を、当人に肯定されたら、そこで終わるかもね。否定されているかぎりは、どんなに騒いだとしても、仲直りの可能性は残っている気がします。

でもこれは、「女のケース」であって、否定し続ける妻の言葉を夫が信じるかどうか、そこらへんの男性心理はわからないなあ。とりあえず、妻のほうには、「浮気はしていない」と頑なに否定することを助言します。どんなに証拠を摑まれていようとも、肯定したら最後です。って、秋元さんがおっしゃってました。

――奥さんに助言してどうすんですか！　相談してるのは夫のほうですよ。

阿川　そうだね。夫のほうに助言するとしたら、やっぱり真実を明らかにすることが必ずしも家内安全、人類平和に繫がるわけではないかもよ、ってところかな。質問に「怖い」とあるのは、本音では奥様と別れたくないってことでしょ？

でも、夫に厳しく追及されたら、妻はある時点までは否定したり謝ったり、ごまかしたり泣いたり反論したりするだろうけど、「そこまで疑うなら」、あるいは「バレたか」と開き直った途端、ケロリと別れちゃうかもしれませんね。女性はできるかぎりの努力をした上で、悩むだけ悩んで納得したら、スウッと気持が冷めちゃう傾向がある、と思います。そうなると、早いのよ、女って。

女は「オール・オア・ナッシング」

――うーん、確かに僕の周りでも、別れる別れないの話になると、女性のほうが潔いかもしれませんね。

阿川 でしょ。どちらかというと男性のほうが未練がましくない？　昔の彼女も今の彼女も取って置きたい、あわよくば復縁したいと、いつまでも心に留めておくきらいが男性にはある。でも、女性は「オール・オア・ナッシング」ですからね。最近の女性は違うという噂も聞くけれど。

これは古い小話ですが、女が罪を犯して刑務所に入る、付き合っている男は、「お前が出てくるまでずっと待ってるよ」と約束して、たしかに女が出所する日になると、約束通りに迎えにくるんですって。

逆に、男が刑務所に入って、「あなたが出てくるときは必ず迎えに行く」と女は言ったとする。けれど女性が迎えにくることは決してない。

「だから女性は薄情なんだよなあ。男はその点、律儀だからなあ」。もう30年近く前、その話をしてくれた男性が、そう嘆息したものです。でも私は考えましたね。ちょっとその解釈、違うんじゃないのって。

——どういうことですか？　どう考えても薄情じゃないですか！

阿川　むふふふ。私が考えますところによると、男は女が刑務所に入っている間、別の女ともあちこち付き合っているんです。でもときが経ち、女の出所の日が来ると、彼女を迎えに行く。つまり、一途に待っているわけではないのです。途中でつまみ食いもしておるのです。

いっぽう男が刑務所に入っている場合、その男を、女は壁の外で一途に待ち続けるの。一途に待っているんだけれど、待ちきれなくなってつい、別の男と付き合ってしまう。そうなると、もはや過去の男は必要ない。だから迎えに行かないのです。さてこの場合、どちらが薄情で、どちらが律儀なのでしょうか？

別に私は男を非難しているつもりはありません。男と女はかくも考え方が違うということを申し上げたいだけです。その違いを無理に合わせようとするのではなく、違いは違いとして認め合った上で、お付き合いすることが大事なのではないかと言いたいのよ。

男性は収集癖(へき)がある

――昔は、夫が働いて外にいて、妻は主婦として家にいるという家庭が多かったから、どうしても女性が夫以外の男性と知り合う機会は限られていたけど、今はだいぶ違ってきてますし。

阿川 そうそう、女性にも経済力がついて、もはや男性に養ってもらわないと生きていけない時代ではないし、社会との接点が多くなれば人との出会いも増えるから、それだけロマンスのチャンスも多くなるでしょうしね。昔の殿方のように、愛人五人とか、そういうことのできる女性がいるかどうかはわからないけれど、経済力さえあれば不可能な話ではないもんね。

でも、根本的なところは変わってないんじゃないかな。「この男が好きで好きでたまらない」となったら、ひたすら一人に熱を上げるけれど、「だめだ」とわかった瞬間、見切るのは早い。未練がなくなると、なぜこの男に夢中になっていたのか、その理由すらわからなくなることがありますからね。

その点、男性は「足の細いのも、胸の大きいのも小さいのも、太っちょも痩(や)せっぽちも同時にいっぱい仲良くなりたい」という願望があるでしょう。

――まあ、僕はそんなことないけど、周りの男性陣は、そういう傾向があるかな……。

阿川　ふーん（と疑いの眼差し）、こういうとき「周りの男性」とか「僕の友人で」とか言い出したら、私の知る限り、だいたい本人の話だけどね。

まあ、それは置いといて、男性は収集癖があるとよく言われますよね。ナイフだったら「短いのも長いのも、形の違うタイプも持っていたい」みたいなね。女性は一つ使い勝手のいいナイフがあればいい。

目には目を？

――しかし、この質問の方は、たくさんナイフが欲しいのではなく、一本でいい、というタイプかもしれませんよ。さあ、どうしますかね。

阿川　奥さんを問い詰めるのも一つの選択肢だけど、一気に離婚に至ることを覚悟する必要はありますよね。

たぶん妻としては、「夫にバレてほしくない。でも、家庭を壊さずに、スリリングな恋はしたい」と思っているんじゃないかしら。それで、「あ、バレたんだ」とわかった途端、どういう行動に出るでしょう。

平身低頭で謝って許しを請うか、はたまた「じゃ、しょうがないや」と見切りをつけて夫と別れる算段を始めるか。少なくともギクシャクした関係が長く続くことは間違いないでしょうねえ。

なんとしても奥さんを手放したくないと思うなら、たとえば次に何か発覚するまでは傍観(ぼうかん)するとか。翌週、また一つコンドームが減っていたら、それは問題だな。

――三つ目のコンドームを、妻以外の人に使って報復するというのはどうですか?

阿川　よくそういうことを思いつくねえ。目には目をですか?

仮にそうしたとしても、疑っている限り、奥さんと自然な会話はできなくなるでしょう? 妻に「今日ご飯食べてくるから遅くなる」と言われたら、夫は「誰と?」と即座に聞き返すだろうし、「泊まりで出張」と言われたら、大いに疑念を抱くでしょう。もう、することなすこと怪しく思えてくる。尾行したり、興信所に調査を頼んだりするようになるんじゃないですか? 「四個、五個、六個、七個……」って黙ってコンドームの減りを数えているのも怖いけど(笑)。

もし私が夫の立場なら、短気な性格上、さっさと解決したいですね。離婚は覚悟の上でね。だって黙って様子を窺(うかが)う間、ずっと胃がキリキリ痛むなんて耐えられない。たぶん一週間が限界です、私の場合はね(笑)。

結論
妻を問い詰めるなら、離婚する覚悟を持ちましょう。

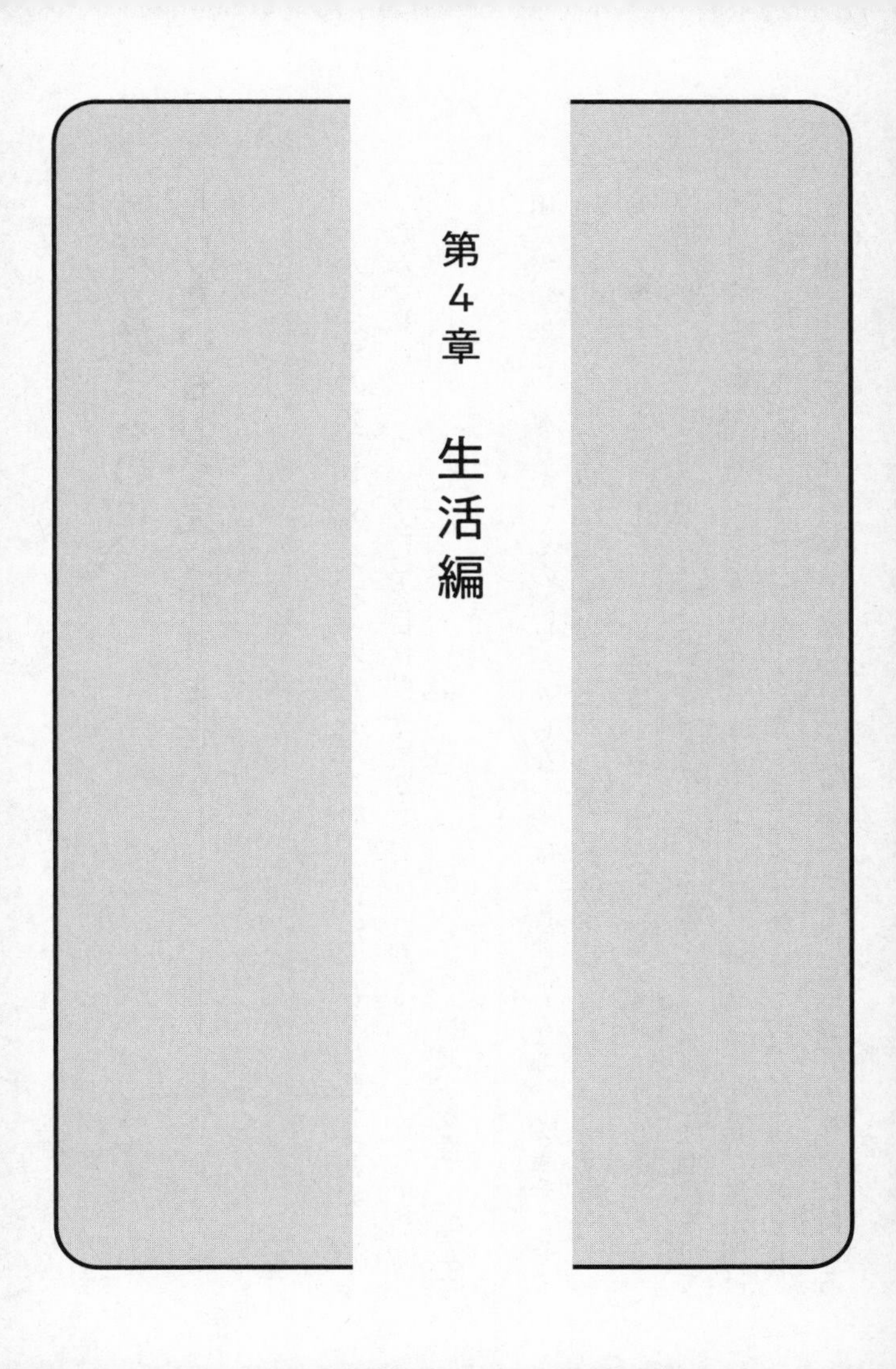

第４章　生活編

就活が始まるのに、なりたいものが見つかりません

大学3年の女子です。そろそろ就活ですが、なりたいものが見つかりません。こんな私は、どういう会社を目指せばよいのでしょうか……。

（21歳、女性、大学生）

阿川　大学生で、なりたいものが見つからないのは、普通でしょう。20歳そこそこで自分がどういう仕事に向いているかなんて、わかるわけないと思う、本当はね。もちろん夢を持つのは自由だし、自分は小さい頃からこういうことが好きで、こういう性格だから、こっち方面の仕事に就くことがいいと思うと、漠然とした目標を立てるのも大切だし、無駄ではないと思います。でも、そういう夢や目標の方角に道が開けて、予想通りに人生が進んだとしても、必ずしも幸せになれるとは限らないのですよ。たとえ第一志望の会社に合格して夢が叶ったと思っても、思い通りの仕事に就ける

保証はないのです。反対に、第一志望じゃない会社に行ってみたら、意外に自分に合っていた、ということもある。仕事なんて、やってみなければわからないから。

この会社に入ったら、こういう仕事ができる、というイメージ通りにはなかなかならないと思っていたほうがよいですよ。むしろイメージを強く持ち過ぎると、そうならなかったときの落胆が大きくて、「この会社は合っていなかった」とすぐに辞めたくなっちゃうかもしれない。でもそういう人は、いくつ会社を変えても満足することはないでしょうね。

たとえば、本が大好きで希望通りに出版社に入れたとしても、みんながみんな、編集者になれるわけではありません。どんな組織でも、経理、営業、広告……といろんな部署があって、そこを彷徨(さまよ)ううちに、自分に本当に向いていることに巡(めぐ)り合った、得意としている能力が見えてきた、というケースはあります。そういうとき、いつまでも拗(す)ねていない人が勝つのです。望まない部署に配属されたら一週間ぐらいは愚痴を言い、ふてくされ、上司の悪口をそこそこ吐いて、そして立ち上がるのです。よし、ここでやれって言うなら、やってやろうじゃないかってね。自分のやりたいことからはるかに離れた業務を軽く見ないで、そこで小さな任務に一生懸命立ち向かっていたら、必ずや、その働きを見てくれている人が現れるものです。そして、「あんなに一生懸命なら、こっちもアイツにやらせてみるか」と気づかれるかもしれません。

先輩の先見の明

――その通りですが、この女性のように、なりたいものが見つからなければ、どこを受けたらいいか、が、まず分からないのかもしれないですよ。

阿川　そうだね。じゃ、たとえば友だちに、自分には何をすることが向いているのか聞いてみるのも一つの手じゃない？　友だちって、人のことをよく見ているものですよ。あだ名をつけるのが上手なのも、本質を見抜いているから、その人に似合ったあだ名がつけられるんだと思う。

私は大学を卒業するにあたって、就活する気はまったくなくて。当時、世の中が不景気だったせいもあるけれど、何の取り柄もない私が会社という組織に入ってもいったい何の役に立つのかまったくわからず、ついでにウチの家族の周辺にサラリーマンが一人もいなかったから、組織で働くってことのイメージがぜんぜんつかめなかった。どうせ就職できたところで、結婚までの2、3年のことになるならば、会社にも失礼であろうから、その2、3年を使って、昔から好きな織物や編み物の仕事をしようと思いついて、まわりには、「織物の修業を始めるの」って言ってたのね。

そんなとき、たまたま1年先輩の友だちにバス停で会ってその話をしたら、彼女が、

「ふうん、意外ね。アガワって、もっと外に出てたくさんの人と会うほうが向いている

と思ってた。部屋にこもってコツコツ、静かに手先の仕事をするタイプには見えなかったわ」って言われたんです。

そのときは「えっ⁉」と驚きましたけどね。今みたいに「いろんな人と会う」仕事を始めてしばらくしてから、ふと彼女に言われた言葉を思い出したの。ああ、あの先輩は、私の本質的な性格を見抜いてたのかなあって。

人って意外に友だちのことをよく見ているし、周りの人が自分をどう見ているかがわかると、案外、参考になるかもしれませんよ。

――その先輩は、阿川さん以上に阿川さんを理解していた。

阿川　そう。私自身は、織物や編み物の修業をして、実際、そういう手作業は嫌いではなかったし得意でもあったからね、内職程度の技を身につけて、同時に婚活をして、お見合いとはいえステキな殿方と出会って結婚して、家事と育児にいそしみつつ、内職の楽しみに浸る平和な生活をする。これが私の夢だったのですよ。

なのに、30を目前にして見合いはうまくいかないし、織物の修業も先が暗いし、そんなときにたまたまテレビの報道番組に出ることになり、その後、週刊誌で対談の連載を持つことになり、大嫌いだった原稿書きの仕事をしつつ、長い付き合いの編集者におだてられて、『聞く力』という新書まで出すことになった。まさか自分が新書を書くことになるとは、思ってもみなかったです。っていうか、文章を書くことも読むことも、他人様の話を聞くことも、いまだに自分では「得意」とか「好き」とは思ってませんからね。すべて人に勧められて「やってみたら」と言われただけのことですよ。私一人の判断では、とうていあり得なかった。ありがたいことです。「断れない」っていうのと、「叱られたくない」という性格ゆえに、嫌々続けてきたからかしらね。10年続ければ、「合っている」って言われるようになるのよ。

布施明さんは、歌手をやめたいとずっと思っていて、20代の後半に「やめさせてください」と事務所に訴えたそうです。そうしたら、「もう一曲出せ。それがヒットしなかったら、休んでもいい」と言われて出したのが、大ヒット曲「シクラメンのかほり」だったのだそうです。

やはり自分のことは、見えている範囲が狭いのだと思う。言いなりになる必要はないけど、親、兄弟、友人の意見を参考にしてみてはいかがでしょう？

結論

一人で決めようとしないで、友人に聞いてみましょう。

ＳＮＳで友だちのグループから外されていて、疎外感があります

新型コロナのリモート授業期間が過ぎて学校に復帰したら、いつの間にかクラスに仲良しグループが出来ていて、疎外感があります。みんな、ＬＩＮＥやＺｏｏｍで連絡を取り合っていたみたいです。無視されているわけではなく、普通に会話はしてますが、「こないだの話、どうなった？」などと、ＳＮＳでの共通の話題を前提に話が進むのでついていけません。かといって、私もメンバーに入れて、とも今さら言いにくくて……。

（15歳、女性、高校生）

——今、結構あるらしいですね、こういう状況。「○○ちゃんも入れよう」ってＬＩＮＥグループに足していくうちに、悪気はなく、積極的に外したわけでもないけど、なんとなく漏れてしまうというパターン。

阿川　嫌だよねえ、疎外感って。「あ～あ、自分は嫌われているかもしれない」って

思ったときの恐怖！　私も未だにときどき蘇ることがある。

――ええっ！　阿川さんに、そんなデリケートな一面があったんですか！

阿川　デリケートでないアナタは気づいていらっしゃらないかもしれませんが、私、けっこう繊細なの。何となく無視されているような気がしたり、まわりでケラケラ笑っている声が聞こえたりすると、「もしかして私の悪口を言ってるんじゃないかしら」って思っちゃう。被害妄想的な気持になるのは、子どもの頃からの癖みたいなもので。なかなか抜けないねえ。一度、転校を経験したときに友だちを作るのに苦労して、そのときの苦い経験があとを引いている感じ？　まあ、私自身の自意識過剰の性格がいけないのかもしれないけど。

――うん、そこは大いに反省すべきでしょうね！

阿川　大ざっぱに生きているアナタには理解できないでしょうね。でも、そういう怖い思いをしたことのある人はけっこう多いんじゃない？　私の時代はLINEもネットもなかったから、まだマシだったでしょうね。今の時代はすぐにネットで繋がって友だちを作れる簡便な面と、逆にそのネットから弾かれたり、ネットの中でつるし上げになるような面があって、そういう場合、逃げる手立てを失うものねえ。どうしたらいいんでしょう……。

参考にならないかもしれないけれど、とりあえずケロッとしてみせる。内心はウジウジ、ドキドキしていても、誰が見ても「アイツはケロッと生きてるなあ」って人間をとりあえず演じてみる、ってのはどう？

私が小学校を転校したとき、新しいクラスに馴染みにくいなと感じて、「転校生だからだろう」と思っていたんだけど、後からやってきた新しい転校生が、実にケロッとした性格で、あっという間にクラスに馴染んじゃったの（笑）。驚きましたねえ。「私と何が違うの？」と思いましたよ。

何が違うのかといえば、「ケロッとしてる」かどうかっていうことなんだな（笑）。その点、私はオドオドしてたからね。まわりの様子を上目遣いで窺って、いかにも気を遣いながら近づいていくって感じだったんでしょうね。そこがみんなの癇に障ったのかもしれない。平然と、堂々としていると、周囲はその勢いに飲まれますからね。

――スッとそういうグループと仲良くなっちゃうってことなんですか？

阿川　まあ、私は終始、オドオドしてたから、スッと仲間に入ることのできた成功経験がないんですけどね。どうも観察していると、そのケロッとした転校生は、新たな輪の中で違和感がないのよね。素直なんだか無邪気なんだか知らないけど。でもって、たまにみんなの輪っかに入っていないときでも、自分がやりたいことをやっているから、疎外されたと気にしているふしもない。だから、しばらくあとで、「私も入れてよ」って言ったとしても、周囲の人間は「お願いされた感」がないのかも。

だから質問者の高校生も、勇気がいるかもしれませんが、一度思い切って堂々と、「何の話してるのよ！」って強気に出てみたら？　「私の知らない間に、なにグループＬＩＮＥなんか作っちゃってさ、何それ？」って、呆れたふうに言ってみる。そういう強気なタイプの子が近づいてきたら、「そっか、まだグループに入れてなかったんだっけ」とか「彼女を入れておかないとまずいぞ」って流れに自然になるかも？　どうでしょう？

――でも、彼女に覚えのないところで、実は不興を買っていて、本当はオミットされているのかもしれませんよ。

阿川　だったら、そこはもう卒業しましょう。もっと楽しい場所を自分で作るか、探す。別の輪をね。

たとえば元々五人くらいのグループだったとしても、クラスの中に他にも五人くらいのグループっていくつかあるわけよね。で、そっちの方にも魅力的な友だちがいれば、その輪に積極的に入っていく。別の世界で自分が生き生きしていれば弱い子には見えないし、世の中では生き生きと、ケロッとしている人が、スターになっていくのです。

対談で著名な方から話を聞いていて、なるほどと思うことは多々あります。たとえば、外国でクラスに馴染めなかったり、イジメに遭ったりしていた人が、「こいつ、柔道ができるんだ」と知られた途端に、スターになっちゃう。何か一芸を持っているのは強みになりますね。それは別に特別な能力じゃなくてもいい。たとえば「元々はおとなしかったのに、ある日、みんなを大爆笑させたら、一気に友だちが増えた」とか、誰かのモノマネをしたら、人気者になったとかね。

子どもは……、いや大人にもそういう傾向があるけれど、馴染んでいる環境に突如、異物が混入すると、警戒する気持の裏腹で、いじめたり疎外したりするんだと思うんです。その異物が実は自分にとって憧れとか尊敬とか魅力的な存在であることがわかったとたん、距離を近づけようとしますからね。特に子どもは面白いことになびく傾向がある。「あいつ、いじけてる」とか、「あいつ、弱いな」といったん認識するとマウンティングしてくるけれど、「あいつ、面白いな」とか「全然、めげないじゃん」ってなると、むしろ「偉いなあ」って感情に変わって、オセロゲームみたいにコロッと白黒反転しちゃうんでしょうね。

「コロッとオセロ」にするためには、それなりに勇気が要ると思います。気弱な私にはなかなかできなかったんですけどね。だから、「そんなこと無理無理！　ぜったいできないよ」って言いたくなるあなたの気持を思うと、こちらも涙が出てきそう。それでも試してみて！　としか言いようがない。

でも、「本当に嫌だ。こんな学校辞めたい」って思ったり、「生きている意味がない」なんて思い詰めちゃったりしたら、いっぱい泣いたあと、無理にでも笑う！　わざとらしく笑って笑って、エネルギーを使い果たして、たっぷり寝る！　それから冷静になって、手立てを考える。

たとえば、その環境から逃げるのも手ですよ。部屋に引きこもっちゃダメ。解決策が見えなくなるし、もっとネットに依存して、怖い思いをすることになるから。それに、外部を遮断すると、気分にも空気にも変化が生まれないからね。

そして、家族と口を利きたくなかったら、宅配便のおにいちゃん相手でもコンビニの店員さん相手でも、スーパーのおじさん相手でもいいから、誰かと会話をしてみるの。世の中にはいろんなところで懸命に生きている人がいるんだなって気づくから。今いる環境なんて、小っちゃい小っちゃい。世界はもっと広いのです。そして必ず、自分が「楽しいな！」と思える場所は、他に見つかるはずです。

もっと他の世界に目を向けていく

――じゃあ、猛勉強して突然英検一級を取っちゃうとか、あるいは部活みたいなことで結果を残すとかはどうでしょうか。

阿川　それも一つの方法でしょうね。いずれにしろ、今どきは、親や先生に頼って、もっとイジメが酷くなることを恐れるわけでしょ？　先生に相談したほうがいいケースもあると思うけど、先生が「この子をイジメるな」って叱ると、言いつけたってことになっちゃうからね。

それにこれは、明らかなイジメではないから、先生が「ねえ、〇〇さんもLINEに入れてあげなよ」って言うのもね……。そういう上からの力を利用しないで、どうすれば自分の心が明るくなるかだよね。

若い頃は、自分の生きている学校社会や友だちの輪が、すべてに見えてしまう。そこで疎外されたら人生おしまいと思うのは無理のないことだけれど、ちょっと深呼吸をして社会を見渡してみれば、外にはいっぱい世界があって、そこで自分よりつらい思いをしながら一生懸命生きている人がいることに気づくはずなんです。せっかく疎外されているのなら、その余った時間を使って、今まで行ったことのない隣町に足を延ばしてみるとか、普段、話したことのない職業の人と話をしてみるとか。とにかく別の世界を知ることでしょうね。同世代で探すなら、別のグループと仲良くなるとか、別の学年、別の学校との部活交流を通して新しい友だちを作るとかね。

――生徒会長とか、男子からモテモテのアイドル的存在とか、別の学年の人気者を狙うのは手かもしれませんね。

阿川　なるほどね！「人気者を狙え」(笑)。「あんたたちより私のほうが輝いてるわよ」みたいになったら、向こうからうらやましがって寄ってくるかも。女子は男子ほど、同年代という意識が強くないから、他のクラスだろうと他の学年だろうと、仲良くなれると思うんだけど。そういう行動は取れないもんですかね。

――ならば、どこか塾に行って、そこでの時間を充実させればいいんじゃないですか。成績も上がって一石二鳥かも。

阿川　珍しく、次々とアイディアが出てきますねえ。デリケートではないけど頭は回るのね（笑）。

とにかく自分が生き生きできる場所を見つける。塾でも部活でも他校のサークルでもバイト先でも、なんでもいいと思います。要するに私が言いたいのは、いま生きている所だけが世界のすべてだとは思わないでほしいということ。今はコロナが関係しているから制限があるだろうけど、たとえば音楽が好きな人たちは、高校時代から自分の活躍の場を持ってるもんね。ストリートミュージシャンになったり、ユーチューブで発表したり、別の学校の人とグループを組んだりとかね。

バンドに入るなり道場に入門するなりして、「あいつ、なんかすぐ帰っちゃうけど、何やってるんだろうな」っていう噂（うわさ）の人物になると、ちょっとミステリアスでカッコいいじゃない。スポーツも音楽も苦手なら、別のもの、盆栽（ぼんさい）だって漫画だって、なんだっていいですぞ。

――高校生が盆栽、ですか……。

阿川　あら、かえって斬新（ざんしん）かもよ！　山登りだってキャンプだってなんだっていい。

新しい世界、新しい人間関係は、鳥取砂丘の砂の数ほどあるのですよ！

結論
クラスの外にも世界があることを忘れずに。

何でもやりっ放しの癖がなおりません

一人暮らしを始めて2年。毎日のように電気を消し忘れて出社してしまいます。風呂上がりのバスタオルは置きっぱなしで、脱いだ服もそのまま。子どもの頃から「だらしがない」と親に叱られ続けています。でも、わざとではなく本当に忘れてしまうんです。自分でも、そのうち鍋を火にかけたまま外出して、火事を起こすようなことになりはしないかと、不安です。

（23歳、女性、会社員）

――阿川さんは最近よく、ご自身のことを「もう認知症かも」って言われますよね。この方の気持が分かるんじゃないですか？

阿川　そうなのよ。どこに老眼鏡を置いたかすぐに忘れるし、最近はマスクね。このないだも、持っていたはずのマスクを見失って、早くマスクをかけなきゃと思うから息を止めて焦って探して。そうしたら、「それ、マスクじゃないんですか？」って言われて気づいたら、顎にひっかけてた。情けない。

昔、アナタと二人でレストランでご飯食べてたら、上品なご婦人が近づいてきて、「あ、どうもー」と言って、ちょっとお喋りをして、その方がいなくなったあと、アナタに言われた。

「あら、アガワさん！」って声をかけられた。咄嗟に私は立ち上がって、「あ、どうもー」と言って、ちょっとお喋りをして、その方がいなくなったあと、アナタに言われたんですよ。

「アガワさん、今の人、誰だかわかってなかったでしょ」って。

「なんでわかったの？」って聞いたら、

「アガワさんが『あ、どうもー』って応えるときは、たいがいわかってないときだもん」って。鋭かったね。

――阿川さんは、すぐ人の名前忘れますもんね。なのに、覚えてるふりをするのは上手いんですよ。

阿川　バレてたか（笑）。それはともかく、質問の方は、血液型がB型でしょうかね。私の友だちでB型の女性は、とにかくいろんなことを忘れます。ドアは開けっぱなし、電気はつけっぱなし、電車のチケットは失くす、携帯をどこに入れたか見つからない。だけど彼女の場合、忘れっぽいというより、次にやることに頭が行っていて、後ろを振り向かないからだと思うんです。いつも次のことを考えているから、しかたないのよ。

だから仕事は完璧よ。常に新しいアイディアに挑戦しているし。そういう人は、自分の仕事をスピーディにこなすことに専念して、優秀なA型の几帳面（きちょうめん）な助手についてもらって、後の始末はすべて任せるのがいいと思いますよ。

ちなみに、私の周りには、忘れっぽい人が多いです。うちのダンナは何でもやりっ放しだから、「ぱなしおじさん」と呼んでます（笑）。「ぱなし亭主」ってけっこうたくさんいるらしいわね。アナタは大丈夫？　奥様に叱られてない？

――新型コロナが広がって家飲みするようになったら、グラスをそのままにして寝ることが多くなって。翌朝、妻から「ちゃんと洗っといてよ！」と叱られます。

阿川　それは単に、酔っ払ってるせいだろ！　私の一番下の弟なんて、小さい頃、そんなにボーッとした性格ではないんだけど、なぜか忘れ物が多くて。そういう子は、小学校の担任の先生から「忘れ物をしました」っていう札を首から掛けられて家に帰るという規則があったのね。そしたら弟は翌日、その札を学校に持っていくのを忘れた（笑）。

「忘れる」＝「アガワる」

――それは、先生より一枚上手だったってことですね（笑）。阿川さんは若かりし頃は、忘れるほうではなかったんですか？

阿川　若い頃はそれほどでもなかったと思うけど。あ、でも、学校に行こうと思って玄関で靴を履いたら、「忘れた！」と思って靴を脱いで二階の自分の部屋に戻ると、「はて、何を忘れたんだっけ」ってなって、思い出せないからまた階段を下りて玄関に行くと思い出す。で、また階段を駆け上がる。

それを繰り返していたら、父から、「お前はベートーヴェンか！」って言われましたね。終わりそうでなかなか終わらないのがベートーヴェンの曲の特徴で、それみたいだということです。出かけそうでなかなか出かけない娘だってことですよ。そう思えば、若い頃から忘れっぽかったかも。

そうそう、忘れていたけれど、高校時代の友だちが、「忘れる」ことを「アガワる」って言っていたなあ。私の名前が動詞にされるほど、私のもの忘れは当時から有名だったらしい。弟のこと笑ってる場合じゃありませんでした。

大人になってから、高校時代の友だち何人かと街中で久しぶりに再会したことがあって。「いやあ、元気？　ところでM子って、今、何してるの？」って私が聞いたら、一人が「〇〇会社で働いているの」って答えて、それからしばらくお喋りして、また私が「で、M子は今、何してるの？」って質問したら、全員が私を振り返って、「アガワ、大丈夫？」って呆れられたのを思い出しましたよ。

私としては、M子が今、何をしているのかと質問したことは覚えていたんだけど、その答えを聞いたかどうか、忘れたんですよ。で、再度質問したら、みんなに心配されちゃったの。

――阿川さんの忘れっぽさは、今に始まったことではないことが分かりました。

阿川　……そのようですね。この方の質問まで忘れそうなので、話を戻すと、相当に忙しいのだと思う。考えなければならないこと、しなければならないことで頭がいっぱいで、常に時間に追われている。だから、一つ一つの動作に身が入っていないのではないですか？　あるいは忙しくはないけれど、いつも他のことをボーッと考える癖のある性格なのでは？

あとになって気づくと、はたして私は家を出るとき、ちゃんと鍵を閉めただろうか、アイロンのコンセントを抜いたかしら、ガスの火を消さなかったかもしれないって、必死に思い出そうとしても、どうにも思い出せないことってありませんか？　きっとその時点では、他のことを考えていたんでしょうね。動作に集中していないから、記憶に残らない。

私もどれだけ他人様にご迷惑をおかけしたことか。出かけたあと、マンションの管理人さんに電話して、「すみません、鍵がしまっているかどうか、忘れてしまって」とか「火をつけっぱなしにして出てきちゃった気がするのですが、ごめんなさい」って、部屋の確認をお願いしたことが、何度もあります。

そういう人間は、指さし確認の習慣をつけることが大事ですって、友だちに言われました、私。「前方確認、よーし！　ドアの開閉、よーし！」って電車の車掌さんがやるみたいに、出かける前に台所の入り口で、「火の元、消した、よーし！　電気、消した、よーし！」って。そして、玄関を出る前にもう一度、「マスク、持った、よーし！　鍵はどこだ、バッグにある、よーし！」

「火は消したか⁉」シール

――なるほど、そこまでやれば大丈夫かもですね。

阿川　でもね、玄関の鍵をかけたあと、「あ、老眼鏡、忘れた！」と言って、またベートーヴェンですよ。まあ、口に出して確認する癖をつけると、少しは意識が変わると思いますよ。慌てて出かけることのないように、まずは時間に余裕を持つことが先決でしょうけれどね。

それでも私がいろいろ忘れるので……、結婚してからも、豆のシチューを弱火で温め直しているうちに、すっかり忘れて、変な匂いがするのに気づいて台所に駆け込んだら、豆はあとかたもなく真っ黒焦げになっていたことがありまして。それ以来、ウチのダンナさんが、「火は消したか⁉」っていうシールをたくさんつくってくれて、台所の壁、ガス台の前、玄関の扉など、あちこちに貼ってくれました。ただ、これも見慣れると、ただの景色にしかならないのが問題ですが、ないより、マシかな。

そうだ、携帯電話の着信音を、「火は消したか！」に変えてみたら？　電話が鳴るたびにハッとして、あちこち走り回るようになるんじゃない？

どういう手立てを講じるにしても、「自分が忘れっぽい」という自覚があるのは、いいことだと思いますよ。少なくとも「直さなきゃ」という気はあるんだから、それだけで偉いと思う、この質問の方も、私も！

結論
携帯電話の着信音を「火は消したか！」にしましょう。

酔っぱらって旦那のパンツを穿いて寝てました

お酒が大好きで、翌朝、記憶がないこともよくあります。先日は、なぜか夫のトランクスを穿いて寝てしまい、夫に思いっきり呆れられました。こんな私はお酒をやめるしかないのでしょうか？　（30歳、女性、会社員）

――本人もでしょうが、旦那さんもビックリしたでしょうね。「何でオレのパンツ穿いてんの？」って。

阿川　これって、そんなに落ち込む話なの？　男物のトランクスって、女の夏用のパジャマにちょうどいいんじゃない？　パジャマでなくてもショートパンツのかわりに女性が穿くと可愛いと思いますけど。

昔、テレビで「男の下着」の特集をしたとき、トランクス・メーカーに取材に行ったら、チェック柄とか縞柄とか、色もとりどりで「可愛い～」なんて騒いでたら、（メーカーの方が)「どうぞ」って、二、三枚いただいて帰ってきたことがありますよ、もちろん自分用に使いました。そのとき、広報担当の方もおっしゃってましたよ。「これは女性にも人気なんですよ」って。

さすがにその格好で外には出かけなかったけど、家の中で穿いている分には、楽よぉ。あなたの奥様にもオススメしますよ。Tシャツの下に男物のトランクス。なにがいけないのでしょうか。この質問の方も、「可愛いから穿いちゃった」でいいんじゃないんですか? 酔っ払っていたとはいえ、ぜんぜん落ち込む必要はないでしょう?

——この方は、よもや自分が男性もののトランクスを穿くとは思っておらず、そこまで酔っ払ってしまったことがショックなんでしょうね。

阿川 泥酔(でいすい)して正体がなくなって、知らない男性と寝てたとか、飲みすぎて暴力をふるったとか、タクシーの運転手さんに迷惑をかけたとか、大声で喚(わめ)き散らしてご近所に呆れられたとか、そういうことは反省すべきだと思うけど。しかも記憶にないでしょうからね、そういう場合はだいたい。だから本当にあとで落ち込みますよね。

でも今回の場合は、ちゃんと着替えようという意識もあって、たまたまそれが旦那のトランクスだっただけのことでしょう。ご機嫌なお話ではないですか。どこが恥ずかしいのか、私にはわかりませんです。

ご主人だって、呆れたかもしれないけど、内心は、「可愛いな」と思ったんじゃないの？　それとも自分の下着を妻に穿かれるのが、生理的に嫌な人なのかしら？　そんな了見の狭いダンナだとしたら、将来、もっと大きなことで苦労しますぞ。

「私ってダメな人間だ」と思うことは大事

――でも、前の晩のことを覚えてなくて、朝になって下を見たら、夫のパンツを着けていた、というのは自己嫌悪に陥りませんか、フツー。

阿川　パンツを穿いて旦那様に襲いかかったわけじゃあるまいし。私はね、泥酔した翌朝、自己嫌悪に陥る経験は、たくさんしておいたほうがいいと思ってるんですよ。

――そんな持論をもつ人は、初めてです（笑）。

阿川　お酒で失敗して、「私ってダメな人間だ」と思うことは大事ですよ。そういう自分のダメさ加減を知っておくと、他人のダメさ加減や、お酒のダメな飲み方に寛容になれるのです。自分もそういう経験しているからわかるわかる。

ずいぶん酔っ払っちゃって迷惑だなあって思う反面で、しょうがないなあ、酔いたい気分だったんだろうな、許そうって気持になるものです。我が身に覚えがあればね。

30代ぐらいならべらぼうに飲むことってあるでしょ。私だって、何度経験したことか。若い頃はお酒の席に向かう電車の中で毎回、誓っていました。「今日は飲みすぎないぞ。今日は図に乗らないぞ。品のいい酔い方をするぞ」ってね。その約束が守られたためしはほとんどないのですけれど。

で、翌朝、必死で記憶を呼び戻す。いったい私は前の晩、誰にどんな暴言を吐き、どんなに暴れまわったのだろうか。薄々記憶があるような、ないような。酔っ払ったときの記憶って、夢と同じで断片的なのよね。点では覚えている場面があるけれど、それが線につながらない。だからなおさら不安になる。記憶のない時間、私はなにをしていたのだろうかとね。「ああ、恥ずかしい。みんなに合わせる顔がない」と深く反省し、気持悪さと闘いつつ、しばらくは禁酒しようと決意する。その約束も、まもなく破られるのですけれどね。

お酒の失敗をここで挙げたらキリがないからしませんが、若いうちは体力もあったから、無謀な飲み方をたくさんいたしました。でも、自らを正当化するならば、そのときにかいた恥は、決して無駄ではなかったと思っております。アルコール依存症になるほど無謀にお酒を飲むのはよろしくないけれど、楽しいお酒なら、いいじゃないですか。そのうち、そんな飲み方は自然にできなくなりますから。しだいに体力も落ちて、動脈硬化も進んで、身の程を知った飲み方を覚えるようになりますって。

いまも深酒するアガワ

――ずいぶん、酔っぱらうことに同情的ですね。阿川さんもご主人のパンツを穿い

て寝てたことがあるんでしょ？（笑）

阿川　ありませんよ。パンツを穿いたことはないけれど、パンツを頭に乗っけて踊ったりしたことはあったかも。やだもう。

やっぱり無謀に飲んでいたのは若い頃よね。友だちや仕事仲間とお酒を飲みに行くのが嬉しくてしょうがない時代っていうんでしょうか。さっきも申し上げた通り、行くまでは自分を戒めているんだけど、その場に行ってグラスを手にすると、あっという間にご機嫌になっちゃって。

……と言いながら、ほんの数年前にも深酒をしたことを思い出しました。八人ぐらいの会だったんだけど、すごく楽しくてね。最後にみんなでＬＩＮＥ交換なんかして。私がいちばん酔っ払っていたらしく、仲間がタクシーを拾ってくれて、「大丈夫ですか、アガワさん、一人で帰れる？」って心配そうに見送ってくれたところは覚えていて、そのあと仲間の一人に帰宅してからお礼のＬＩＮＥを送ったの。「楽しかった、ありがとうございました」って。しっかりしてるでしょ。

ところが先方から後日、「アガワさんから来たＬＩＮＥ、宇宙人からの手紙みたいで、何が書いてあるかわけわかんないの。解読不能でした」って言われました。作家の西加奈子さんでしたけれどね。酒量が落ちたとはいえ、まだ私は修業の身であります。今でも反省の日々ですから。

質問の方も、こんなことでお酒をやめる必要はありません。むしろもっと恥ずかしい経験をいろいろ重ねて、翌朝落ち込んで、いつまで経っても自分は未熟者だと謙虚な気持になることが大切です。そうやってお酒の楽しさと怖さを知っておけば、ご主人が泥酔して帰ってきても、優しくしてあげられるでしょうからね。でも、もし旦那が奥さんのブラジャーをして寝てたら、思う存分、呆れておやりなさい。

結論
もっと恥ずかしい経験を重ねましょう。

息子の婚約者の母親に違和感があります

息子はいま付き合っている彼女と結婚するつもりらしいのですが、先日、向こうのお母様にお目にかかったら、かなり変わっているというか、天然というか……。レストランでは大きな声で長々と話すし、夫の出身大学（東京六大学の一つ）を聞いて、「もう少し頑張れば東大に行けたでしょうに」などと余計なことを言われました（ちなみに、向こうのご主人は東大出身）。悪気はないのでしょうが、私たち夫婦とは、とても合いそうにありません。娘さんは明るくて性格がよいので、そこは安心ですが、親戚（しんせき）付き合いが不安です。（55歳、女性、主婦）

――阿川さんのお父様は怖いことで有名でしたから、結婚されるとき、ご主人は大変だったんじゃないですか？

阿川　私が結婚したとき、すでに父は亡くなっていましたから。ただ、結婚前に、私が今の主人と歩いているところを週刊誌に撮られたことがあって。当時、高齢者病院に入院中だった父にもその情報が流れたらしく、あるとき、「お前、つき合っている人がいるのか？」と電話で訊かれて、「はい。今度、紹介しに行こうと思ってたとこ！」なんて慌てて答えたら、「会いに来なくてよろしい。それでお前は幸せなのか？」「まあ、幸せですが」「お前が幸せなら、それでいい」って会話ですべて終わってしまいました。

——なんか、いい話ですね。

阿川　父は面倒臭かったんだと思う。晩年はひどく人付き合いが悪くなって、人に会いたがらなかったですからね。面会もすべてお断りしてたのに、ましてや娘の相手なんかに会わなきゃいけないとなれば気を遣うのは間違いないわけで、想像しただけで面倒だと思ったんじゃないでしょうか。

——昔、彼氏を家に連れてきたことはなかったんですか？

阿川　ありましたよ、大学生の頃とか。もうね、そのときの父の顔をお見せしたかった。露骨に不機嫌。見るからに不愉快そう。目を三角にして、睨むようにじっと観察してたもの。そのくせ、私がいくらお見合いをしても決まらず、なかなか結婚できないとわかるやいなや、「おい、あのとき連れてきた○○君はどうしてる？　いい青年だったじゃないか。ヨリを戻したらどうだ、ん？」なんてね。父親というのはなんと身勝手なものかと呆れましたよ。

バカに乗り気になった父

――子どもが結婚するとなった場合、親御さんはやはり、先方のご両親とも仲良く楽しく過ごしたいものでしょうね。

阿川　そういう期待は親の身としては、あるでしょう。新しい親戚ができるんだから、それは楽しみだもんね。私の父だって、お見合い相手の履歴書を見て、お相手の父上が海軍出身と書いてあるだけで、「これはお前、きっといいご家庭にちがいない。この人にしよう。この人に決めよう！」って、まだ当人同士が会ってもいないうちから、バカに乗り気になっちゃったってことはありましたよ。

でも実際は、子どもの結婚相手の家族と仲良くするのは、けっこう難しいんじゃないかしら。私は幸か不幸か、ウチの両親も夫の両親も亡くなっていたり認知症だったりしたから、両家の家族のお付き合いってのはなかったのでわからないけれど。

普通は、親同士が仲良くするためには、それなりの努力が必要でしょうね。スタートラインでは双方に、「ウチの習慣や価値観に合わせてほしい」という望みがあるわけでしょ。たとえば大事な娘を嫁がせた父親の身になってみれば、「もしかして娘をいじめるんじゃないか」と疑いの目を持って相手の親を見るだろうし、反対に息子の親の立場になれば、「ウチに嫁いでくるのだから、ウチのことを優先して考えてもらわないと」って構えて迎えるでしょう。

まあしかし、そういう昔風の考え方はもはや通用しないんでしょうね。孫でも生まれたら、嫁いだ先より、嫁の実家に帰る頻度のほうが圧倒的に多くなるのが、今の夫婦の常識だからね。もはや「嫁」という概念そのものが、ほとんどなきに等しいのかも。

って別に昔を礼賛しているわけではないのですよ、私は。昔のお嫁さんは大変だっただろうなあと思うわけです。幸い私は、そういう嫁としてのお勤めは一切しないで済みまして。高齢結婚の数少ないプラスポイントかもよ。ホント、楽させていただいてます。

じわじわと亀裂が深まっていく？

――今回の相談の方は、阿川さんのところと違って、下手するとひと悶着おきそうですよ。

阿川　両家双方にとって、大事な息子と大事な娘を「これから家族としてどう扱うつもりであろうか？」という猜疑心から関係が始まっているとすれば、表面的には仲良くできても、なにかコトが起きたとき……、たとえば家を建てるとか孫の誕生とか、あるいは正月の行事とか、ことあるごとに主張の違いが見えてきて、じわじわと亀裂が深まっていくだろうねえ。なんか、脅してる、私？（笑）でもそう頻繁にお付き合いしなければ、穏便（おんびん）な仲を保てるのではないでしょうか。

そもそも血のつながった親きょうだいの関係でさえ、それぞれに独立したり家庭を持ったりすると、微妙に価値観がずれてくるものね。好き合って結婚した本人同士は仲の良い夫婦になれたとしても、その後ろに控える親御さんや親族一同が、必ずしもぴったり気が合うなんてことは、そんなにないと私は思いますけどね。

「変わってる」の基準はなに？

――でも、向こうの奥さんは、確かに変わってる感じじゃないですか？

阿川　じゃ、こちらの奥様は常識的だと言い切れる？　あちらから見たら、こっちのことを「変わった家族だ」と思ってるかもしれないじゃない。そこが価値観の違いの表れというものですよ。

ウチ……って阿川家のことですけどね。まず商売は小説家。組織で働いた経験ほとんどゼロ。加えてご存じの通り、世間の常識に反することを良しとしているところがたくさんある父を中心に、すべてが動いておりましたからね。ウチでは「普通のこと」と思っていたことが、社会に出たら、「お宅ってそうとう変わってるね」って、どれほど呆（あき）れられたことか。

たとえば、父親の用事を優先すべき事情が生じたら子どもは学校を休めとか、ご先祖のお墓参りは基本的にしないとか、親の言うことが聞けないのならさっさと出て行け、女郎屋に行こうが野たれ死のうが親の知ったことではないとか、およそ世間の常識とはかけ離れた価値観を植え付けられて育ちましたからね。

――そりゃまた、極端な。阿川さん、お年頃に結婚しなくて良かったですね（笑）。

阿川　ホント！　実際父は私が成人した頃から、「もしお前が結婚することになって、結婚披露宴をするとしても、お色直しなんてバカバカしいことだけはやめてくれ。俺はああいうのが大嫌いだ！」ってずっと言ってました。でも父も自分がそうとう変わり者だという自覚はあったらしく、「しかしお相手の家の事情でそうもいかない場合もあるだろうから、娘が色直しをするなら、花嫁の父親も色直しをさせてもらうと申し出ることにする」と。その話の詳細についてはあちこちで父も私も書いておりますので割愛させていただきますけどね。この件に関しては、私もかすかに楽しみにしていたので、実現できなかったのは残念でした。

それはさておき、そんな非常識な阿川家の言い分に、面白がって同調してくださるご家族がどれぐらい存在すると思います？　他人事で聞く分には面白いかもしれないけど、そんな家で育った人間が自分たちの親族になると思ったら、かなり不安にはなるでしょうね。「そんなめちゃくちゃな家と今後、お付き合いするのは勘弁してもらいたい」って眉をひそめると思いますよ。

何を基準に「変わってる」と判断するのかというと、たいていの人間は自分たち家族の常識を軸にしているわけで、世間一般的に見てあきらかに変わっているかどうかは、わかりませんよね。自分たちにとって馴染(なじ)みがないというのは事実でしょうけれど。アルコール依存症だとか借金を抱えているとか、これはどう見てもこの結婚は不幸になることが明らかとか、親としてどうしても反対しなきゃいけないような問題が向こうの家族にあるというのなら話は別だけど、もう少し様子を見たほうがいいんじゃないでしょうか。お相手のお母さんが気に入らないという理由だけで、子どもの結婚を拒否することはできないでしょうから。

向こう様も初対面で緊張し過ぎて、つい余計なことを口走ってしまったのかもしれないし。そういうこと、よくあるじゃないですか。

――そうですか？　普通は相手の様子を窺(うかが)いながら、抑えめにしませんか？

阿川　私は逆です、っていうか、余計なことを話し過ぎたことが実際にありました。後輩の女性の立会人として、お見合いの席に同席したら、あちらの立会人が昔の友だちだったものだから、懐かしさのあまりついお喋りに夢中になっちゃって。当人同士があまりにも大人しくて、ぜんぜん会話しようとしないから、盛り上げようとしたっていう理由もあるんですけどね。

「そういえば○○君にこないだ会ったのよ。彼、離婚したらしいわよ。大変だったんだって」ってつい噂話を持ち出したら、まわりが「シーン」。「そういう話はこのような席で持ち出さないの！」って、友だちに叱られてしまいました。お相手の若い男性は、私のこと、さぞや変人だと思ったでしょうね。結局、そのご縁はまとまらなかったんですけどね。あっ、私のせいだったのかな。今さらですが、どうもすみませんでした。

結論
相手の家族と仲良くなろうなんて、過度に期待しないほうがいい。

どうしてもゲイの人が苦手です

私はどうしてもゲイの人が苦手です。昨今、ＬＧＢＴ（レズビアン、ゲイ、バイセクシャル、トランスジェンダー）への理解が深まる中、職場でも取引先でも〝明らかに〟という人が増えています。否定してはいけないことは分かっていますが、戸惑っています。どうすればフラットに付き合えるのでしょう。

（52歳、男性、会社員）

――いまや、ゲイの人も社会に受け入れられているように見えますが、まだまだ偏見が残っているんですかね。

阿川　この方は、ゲイの人が苦手だというけれど、誰にだって「苦手なカテゴリー」はあるんじゃないかな。太った人が苦手、お喋りな人が苦手、関西人が苦手、東京人が苦手……。苦手なタイプって人それぞれあるでしょう。

でも、苦手な人に一切会わずに生きていくことは不可能でしょ。みんな、苦手な人とも上手に付き合いながら、仕事をしているわけです。

私だって必ずしも、自分が興味のある人だけをインタビューしてきたわけではありません。さほど興味がないとか、どうも理解できないとか、好きになれそうにないな、と思う人とも会わなければならない場面は、いくらでもありました。というか、今でもあります。

それでも、「面白いぞ！」と感じられるところが、きっとあるはずだと信じて会うんです。そうすると、本当にあるから不思議よね。さほど興味はなかったのに、生涯忘れられないほど魅力のある人だったことは、いくらでもあります。その人と結婚するとか親戚になるとか一緒に生活するというなら話は別だけど、たいていの人とは付き合えるもんじゃないかしら。

インタビューする相手だけでなく、一緒に仕事をする仲間にしても同じこと。「週刊文春」の連載対談を30年近く続けてきた中で、担当の編集者もこれまで十三人くらい替わってきました。みんな違う性格です。几帳面な人、度胸の据わった人、心配性の人、用意周到な人、アイドル好きの人、スポーツ好きな人、スポーツに興味のない人……。この人嫌だなって思った人はいないけど、趣味も食べものの好みも、決して「合ってる！」という人ばかりではありませんでした。

ただ一つ、一致していたのは、「この対談連載を面白くしなきゃ！」という意欲です。そこが一致していれば、そして「面白いとはどういうことか」という視点がほぼ共通していれば、何年でも楽しく仕事をすることができる気がする。

「オジサン臭い！」と一緒

――僕も二十数年前に「週刊文春」の対談を担当していましたが、その「一致していた」一人なんですね。感慨深いなぁ。

阿川　ん？　……ごめん、一致してたかどうか……忘れた。とにかくね、誰でも偏見を持つことはあるけど、知らない世界だからこそ、思い込みで認識していることもよくあると思うのよ。

私も詳しいわけではないけど、一口に「ゲイ」といっても、女性のような容姿になって男性と付き合いたい人もいれば、男性のまま男性と付き合いたい人、マッチョになってより男らしくなりたい人、ゲイというより、女装することに関心が高い人、とかいろんなタイプがあるそうですね。

そういう人たちが一様に、「同じ」であるはずはない。それをひと括りにして「苦手」と決めつけるのは、オジサンをすべて「臭い！」というようなものですよ。

――その通り！　僕もオジサンだけど、臭くないですからね。

阿川　ん？　どれどれ？　クンクン、ま、まだ大丈夫そうね。

質問の方が、同じ職場に、非常に能力が高いなと認めている人がいたとして、後でその人がゲイだとわかったら、認めたことを後悔しますか？　たぶんそんなことはなくて、セクシャリティに関係なく敬服すると思う。そのとき初めてこの人もフラットな気持になれるかもしれない。

人間は本質的に排他的

——性的指向に左右されないで、仕事の能力そのものを考える、と。

阿川　そう。頭から「苦手」と思っているのは、無意識のうちに、人間的に下に見ているのかもしれない。あるいは、自分の安定した人生に予想外の異物を侵入させたくない、という警戒心があるのかもしれない。

でも、そもそも人間は一人ひとりが違っていて、自分だって他人から見れば異物なんですよ。自分の存在や生活様式が正常で、周りがおかしいと思うのはおこがましい話です。

今回の新型コロナウイルス禍でも、同じような感じがしない？　初期の段階では、他人から伝染されたくないと思っていたけど、だんだんと、もしかして自分が他の人に伝染す可能性があるかもしれないと、理解が進んでいった。なのに、コロナ感染者に対する差別はいっこうに収まらない。
今回のコロナ騒動で、人間は本質的に、どれほど排他的であるかがわかっちゃいましたね。この寛容(かんよう)さの欠如した社会は、物語のできごとではなく、すぐ隣に存在することを思い知りました。

「女は話が長い」は本音の表れ

――こう言っちゃナンですが、阿川さん、世の中のこと意外と真面目に考えていたんですね。

阿川　たまにはね、私だって、いろいろ社会の問題について、考えてるんですよ！　考えてはみるけれど、だからといって誰に対してもフェアで寛容で、偏見を持たずに接するなんて、勿論(もちろん)できないです。でも、なるべくフェアな人間でありたいし、誰に対してもフラットに接することのできる人になってから死にたい、とは願っていますよ。
男女平等の問題もしかり。そう簡単に平等な時代がやってくるとは思えないけれど、それを意識するとしないとでは、ぜんぜん違う結果になるのではないかな？　心の奥底では、「男女は平等ではないよ。女は話が長いから困る」とか「男は忖度(そんたく)しかしない生きものだ」とか、決めつけている人は、まだたくさんいると思います。だからつい、誰かさんみたいに、油断して失言しちゃうんですよね。それが本音だから。

——その「失言」は海外でも大きな反響を呼びましたね。

阿川　大事なのは、立場のある人がそういう本音を堂々と口にしたら、多くの人が傷つくということです。そしてそういう人が偉くなると、周りは誰も注意できなくなってしまう。だから、発言する側の偉い人は、自分の言葉にみんな共感してくれるんだと信じてしまう。

これは、特定の誰かのことだけを言っているのではなくて、私自身も、そしてネット上で意見を載せている人たちも、気をつけなければいけないことだと思うんです。フェイスブックなどで「いいね！」が増えると、あたかも自分の言葉は、全世界の人から支持されているかのように勘違いして、その後ろに隠れている静かなる異論や反論、あるいは傷ついている人や悲しんでいる人に、思いがいかなくなるからね。

——テレビでもネットでも、「言いたい欲」が強い人が増えているように感じます。

阿川　その「言いたい欲」が盛り上がったとき、一瞬でも、「これを言ったら、傷つく人はいるかな?」と意識する気持を持つ。そういう習慣を身につけていれば、自分が偏見を持っていた相手に、だんだんと優しい気持になっていけるのではないかな。大事なのは想像力ですよ。相手の立場にたって、考えることですよ。

たとえば質問者ご自身が男性にしかときめかず、若い頃からそれを隠し通していて、違和感を抱いたまま生きているとしたら、と想像してみてください。質問の方の、ゲイの人に対する嫌悪感は、少し変わってくるような気がしますけれどね。ジョン・レノンの「イマジン」方式。無理だと決めつけないで、目をつむって想像してみる。

被災した人に私ができること

――想像するだけじゃなくて、職場でも垣根を越えて、接するようにしたいですね。

阿川　そうだ。いっそ、ゲイの友だちを作る！　仕事仲間でもいいし、歌がうまければカラオケに行くとか、服選びのときにいつもついてきてもらうとか、彼に頼るとものすごく助かるという友だちを作ってみる。そうすると、その友だちは「ゲイである」以前に、自分にとって大切な存在になりますよ。ゲイは苦手だけど彼は好きだ。そういう友だちがいれば、少しずつ偏見もなくなってくるのではないでしょうか。

私、東日本大震災が起きたとき、どうすれば被災した人を慰めることができるだろうかと思ったんですが、なかなか行動に移せなくて。そんなとき、ゲイではないけど、たまたま気仙沼の青年と知り合って。すごく意気投合して、彼からいろんな話を聞くことができたんです。

そのときわかったの。被災地全体を救おうなんて大それたことを考えるから悩むんだ。そうではなくて、被災地にいる彼個人とその周辺を笑顔にするためにはどうすればいいのかを考えたら、自分でもできることが見えてきたんです。

それと似てません？　漠然と「ゲイは苦手だ」と思っているから、いつまでたってもモヤモヤが消えない。いっそ踏み込んで、「彼の気持ならわかるぞ」というゲイの友だちができたら、見えてくる世界が変わってくるのではないでしょうか。

結論

大事なのは想像力。ゲイの友だちを作りなさい。

妻を亡くした父が「死にたい」と嘆(なげ)くので困ってます

昨年、母が亡くなってから82歳の父は意気消沈し、毎日のように「早く死にたい。母さんに会いたい」と嘆いています。私たち姉弟で慰(なぐさ)めても効き目はなく、一緒に住む我が家には暗いムードが漂(ただよ)っています。（55歳、女性、主婦）

――このお父さんは、奥様のこと愛されてたんですね。お気の毒に……。

阿川　それだけではないと思うな。

――えっ、どういうことですか？

阿川　ご両親がどれほど仲良しだったのか、それは存じ上げませんけれど、どうもこの世代の亭主族の方々は、奥様に先立たれると一気に元気を失(な)くすよね。あとを追うように死んじゃう旦那様も実際、いるじゃない？　中には、奥様がお元気な頃はもっぱら威張(いば)ってこき使っていたくせに、先にいなくなられると、驚くほど嘆き悲しむ人がいる。そういう姿を見ると、同情するより、奥様が生きているうちにもっと優しくしてあげればよかったのにって、言いたくなりますけどね。

反対に、夫に先立たれた妻というのは、亡くなられてしばらくは意気消沈しているけれど、1年くらいすると猛烈に元気になるでしょ。女は冷たい動物だとオトコの人は思うかもしれないけど、それは違いますからね。

妻が元気になるのは、夫の世話から解放されて自由になるから。それまで自分の時間なんてほとんどなかった妻が、24時間ぜんぶ自分の時間になったら、そりゃ嬉しいわよ。最初の頃は寂しいと思っても、女性は順応性の高い動物ですからして、まもなくその心地よさに気づくのね。

ずいぶん昔、作家の遠藤周作さんに聞いた話、というか遠藤さんがお医者様に聞いたんだそうだけど、男性の患者さんが高齢になって病院に入院して、だんだん弱ってもの忘れが進むと、最後まで覚えている言葉は、奥様と娘さんの名前なんですって。でも、入院患者がおばあちゃんだと、いの一番に記憶から抜けてしまうのが、亭主の名前なんだそうです。

つまり、おじいちゃんにとって奥さんや娘さんは、ご飯をつくってくれて、自分の要求に応えてくれて、あらゆる世話を気兼ねなく頼める命綱なんですよ。だから、本能的に最後まで記憶に残している。一方、おばあちゃんにとっては、いちばん手のかかる存在が亭主だから、さっさと記憶から抹消して楽になりたい、ということらしいです。

まだウチの両親が元気な頃、父が母に向かって急に、こう言ったことがあるんです。

「おい、お前。お願いだから、俺より先に死なないでくれよな」

娘の私はびっくりして、ちょっと感動したんですね。普段は母のことをこき使って怒鳴り散らしてばかりいる父が、母の身体をそんなに気遣っていたのかと。その夜、父が寝たあとで、母に「お父ちゃん、けっこう母さんのこと心配してるんだね」と話しかけたら、母が一言。

「違うわよ。あたしが先に死んだら、不便だから困るって言いたかっただけよ」

父の本音がはたしてどこにあったのかは謎ですが、たしかに母の言い分にも一理あると思いました。

普段、身の回りのことを何もしない亭主にかぎって、妻に先立たれると身動きが取れなくなって、途方に暮れる。通帳がどこに入っているか、靴下がどこにあるか、爪切りは？　トイレットペーパーをしまってある場所は？　洗剤はどれを使うのか？　……ちんぷんかんぷんで、わからない。

知り合いの殿方が、奥様が亡くなって、「朝、コーヒーを飲むと、そのカップが夜までずっとテーブルに置きっ放しになっているんです。妻が生きているときは、そんなこと一度もなかったのに……」って嘆いていらしたの。その話を聞いて母が、「〇〇さん、お気の毒に。奥様が亡くなられて悲しいらしいわよ」って。でも私は、憤然としましたね。「自分が飲んだコーヒーカップくらい、自分で洗いなさい！」ってね。ご本人には言いませんでしたけど。

奥様が亡くなると、亭主は初めて生活というものに直面するわけです。日常生活が、自動的に成り立っていたわけではなかったことに気づくのです。それを自分ですべてやらなければならないのかと思うと、それだけで鬱々としてくるのでしょうね。ああ、もう生きていたくない。「おい！」と言えばなんでもやってくれる妻のそばに、早く行きたいよって。

山登り、料理教室

――確かにそうかもしれませんね。僕なんか、呆然としそう。料理なんかほとんどできないし。

阿川　あら、アナタ、料理しないの？　案外、登山を趣味にしている男性は、奥様がいなくても生きていけるみたいね。山に登るための荷造り、料理、身の回りの始末を、普段から自分でする習慣があるから。情けない男ヤモメにならないために、今のうちに山登りを始めるのもいいかもしれませんよ。

とにかく、なんでもかんでも奥様にしてもらっている亭主の皆様は、せめて定年後は、自分のことは自分でやる習慣を身につけたほうがいいと思いますね。

息子さんも娘さんも、慰めるばかりでなく、なにか簡単なことから、お父さんに家のことを分担してもらってはいかがでしょうか。洗濯物を畳むとか、お皿洗いとか、アイロンがけとか。本当は、料理教室で料理をつくる楽しみを覚えるといちばんいいと思いますけどね。今どきは、男性のための料理教室が、たくさんあるらしいし。

――でも、このお父さんはもう82歳ですよ。家事の経験がなければ、そう簡単にはいかないでしょう。

阿川　何歳からだって始められますよぉ。もうこの歳からは直らないとか、もうこの歳では遅すぎるって、父もよく言ってたけど、それはやる気がないだけ。別にプロの料理人になれってわけじゃないんだから。やってみれば楽しいこともたくさんあるでしょう。試しに、ご自分の好みの酒の肴を作ってみてはいかが？　肉じゃがとかきんぴらゴボウとか、一、二品つくるだけで自信がつくと思う。

嫌だ嫌だと聞かない場合は、お孫さんに言わせる。「じいじー、じいじのつくる肉じゃがが食べたいよぉ」ってな具合に。それで家族が食べて、嘘でもいいから「おいしいねえ。おじいちゃん、上手になったねえ。やればできるじゃん！」って褒めちぎる。そうすると、生きている楽しみが、少しずつ復活してくるのではないでしょうか。

そのときに大事なのが、周囲の人間があまり口出ししないこと。「また間違ってる、そうじゃないでしょ、もう」なんて言われると、おじいちゃんは一気にやる気をなくしますからね。嫌々やり始めたことで、どうせ不得意なんだから、間違っていてもいいんです。

肉じゃがに砂糖を入れすぎても死ぬわけじゃないし。アイロンでシャツを焦がしても、どうせ自分のシャツなんだから、いいのいいの。笑って許してあげてください。なにせ家事初心者なんですから。もちろん、火の元だけは気をつけなければならないけど、あとは、とにかく褒める。ありがとうと感謝する。生きがいって、誰かの役に立っているという実感からくるものですからね。

高齢者の自殺の原因のトップは、「もう自分は誰の役にも立たないから、生きていてもしかたない」と思うことなんですってよ。一日一回でも、「やってくれてありがとう」と家族にありがたく思われたら、もう少し生きてみようかな、という気になるはずです。けなしてはいけません、褒めるんです！　って、これ、私がダンナを前にしたとき、自分に言い聞かせている言葉です。つい、文句言っちゃうのよね。「もう、スパゲティ、茹でですぎ！」なんてね。褒めましょう、感謝しましょう！

みるみる上達した夫

――ご主人は、けっこう料理をされるんですか？

阿川　簡単なものはね。昼ご飯にスパゲティとかラーメンとか。レトルトのソース使ったりして、なんとか作ってますよ。この間、私が餃子(ギョーザ)を作っていたら、「手伝ってやる」って隣に座って作り始めたんだけど、最初はワンタンみたいになっちゃって、ぜんぜんヒダをつけられないの。だから、「ここに指を挟んで、こうやるの」と教えたら、みるみる上達しましてね。最近は餃子の皮包みはすべて、お任せすることにしております。

でもね、そこで気がついたのは、餃子って、ヒダを細かくつけてきれいなカタチにしたものも、ヒダがまったくないワンタン型でも、味はぜんぜん変わらないということ。水餃子にするのなら、むしろヒダなんかないほうがおいしいかも。

そうだ、お父様と餃子パーティをしてみたらいかがでしょう。あんを包みながらおしゃべりもできるし、お孫さんも手伝えるし、新しいことに挑戦するチャンスになる。元気回復には最適かもしれませんよ。

結論
家事をさせましょう。そして褒めましょう。

義母の世話で疲れてるのに、夫が手伝ってくれません

義理の母は、頭はしっかりしていますが、昨年骨折して以来、介護が必要になりました。専業主婦の私が面倒を見ていますが、休みの日も夫はまったく手伝おうとしません。最近は夫婦の言い争いが絶えず〝介護離婚〟しそうです。毎日「もう家を出ていこう」と思いながらも、義母が不憫(ふびん)で思いとどまる日々です。

（48歳、女性、主婦）

――いまは親の介護が、夫婦の間の大きな問題になっていますね。特にこの家庭のように、夫の親の面倒をみるとなった場合に、妻が不満を募(つの)らせるケースが多いようです。「私にばかり押し付けて」って。

阿川 今どきの夫婦は、お互いの両親の介護はそれぞれの責任と考える傾向があるようで、昔のように亭主の親の介護を妻にすべて押しつける例は少なくなっていると聞

きますけれどね。それでも、まだまだ介護や台所仕事は「女の得意仕事」と思われているふしがありますね。

もちろん一家の稼(かせ)ぎ頭がご主人という場合、「自分は家族を養っているのだから、主婦たるものは家のことをすべてまかなうべし」という理屈もまったくないわけではないけれど、たとえそうだとしても家族として男が協力しないでいいという話ではない。妻は家政婦ではないのですから。それに、共稼ぎの夫婦でも、結局、家事育児介護を妻に任せることが当然と思う夫がいるのはおかしいですよね。

「介護をしない」男側の言い分としては、「やったことがないからわからない」ってことらしい。でも、介護も育児も、ときに台所仕事だって、最初は女も「やったことないけど、他にやってくれる人がいないから、私がやらなきゃならない」ことになるのよ。

フェイスブックの女性ＣＯＯ（最高執行責任者）のシェリル・サンドバーグさん（２０２２年にＣＯＯ退任）が出した『LEAN IN(リーン・イン) 女性、仕事、リーダーへの意欲』という本に書かれていたけど、アメリカは男女平等が進んでいると言われながら、まだそうなっていない面はたくさんあるのだそうです。

彼女は出産した直後、たまたま足の腱を痛めたせいで、赤ちゃんのおしめを替えるとか、授乳のために抱っこするとかの仕事を、先にご主人が覚えてやってくれたんですって。だから、おしめの替え方はその後、ご主人に教わったそうです。

彼女は続けて、こういう趣旨のことを書いています。「産むのは女であるけれど、そこからの育児は、お母さんにとっても生まれて初めての経験。誰もがビクビクしながらやっている。男は『俺、やったことないから』と言い訳するけれど、『私もやったことないのよ』」と。

「それなのに育児は、当然女がやるべきだという認識になっている。もちろん男はお乳をやることはできないけれど、他のいろんな育児の作業において、スタートラインは同じなのに、男がやる必要がないと決めるのは、おかしい」という文脈でした。

――それは介護も一緒ですね。

阿川　そうなんですよ。私も両親の介護を少しばかり経験したけれど、最初は車椅子に座らせるコツとか、転びそうになる父や母をどう支えるかとか、認知症の母とのつき合い方とか食事の与え方とか、なかなか要領を得ませんでした。転んだ母を起き上がらせようとしても、すっかり筋力が落ちているから普通に手を引っ張っても立ち上がれないのね。引っ張りすぎると「痛い、痛い！」と叫ぶし、どうしたらいいのか夜中に悪戦苦闘したことが何度もありました。でも、介護経験者の人から知恵をもらったり、友だちに教えてもらったりして、いろいろ試すうちにだんだん上手になっていくんですよ。

たとえばね、コロンと床に転がっちゃったら、まず身体を回して床に手をつかせ、その横に少し低めの椅子を置いて、その椅子に手をかけるよう促すの。そうすると、だんだん体勢が整って膝を立てられるようになる。あるいは壁に向かって両足を踏ん張らせて、できれば、その壁に歩行補助用のバーがあるといいんだけど、そのバーを両手でつかむように言って、介護する側はその背中にまわってお尻を押して持ち上げるとかね。そのときどきによって要領が違うんですけどね。

もちろんそういうことに私一人で対峙していたわけではなく、助けてくださるプロの介護士さんとか病院の人とか、兄弟の協力とかお手伝いの人たちの手があったからこそ、私の場合はなんとかできたわけでして。

でも介護中にある年配の女性に言われました。「サワコさん、ご両親の介護、大変でしょう。でも親にとっては娘に介護されるのがいちばん嬉しいものなのよ」って。思わず振り返っちゃった。私はさほどフェミニストではないつもりだけれど、それでも同性の先輩にそう言われると、ちょっと反論したくなりました。「いやいや、心情的にはそうだろうけれど、でもそれって、娘が一人で頑張れって話?」ってね。言わなかったけど。内心では、もっと男性、女性、娘、息子が分担してしかるべき問題なんじゃないのって思いましたよ。

シェリルさんは、「パワー一つが二つになると、どれほど楽か」って書いていて、少なからずの自分の経験を振り返っても、その通りだと深く頷きたくなりますよ。

母の介護をしたアガワの弟

——阿川さんのご主人は優しいから、ずいぶん助けてくださったんですよね。

阿川　まあ、私が仕事で帰りが遅くなるときなど、ウチで母を見守ってくれたり、話し相手や食事相手になってくれたりしましたからね。あと、ウチの場合は男兄弟がとても協力的だったので助かりました。でも、それでもできることとできないことがあるんだな。そんなとき、私は携帯電話やＬＩＮＥで励ましたの。

亡くなった私の母は、最期まで、下のことはたいていい自分でできたんですが、たまに粗相をすることがあって。たまたま弟がケア当番の日にそういうことが起きたものだから、弟から、「姉ちゃん、大変！　母さんがビチョビチョになっちゃった」って、慌てた様子のＬＩＮＥが届いた。そこで私はすぐに返信し、「おしめはどこそこの棚にある。まずタオルで拭いて、服を脱がして！　お風呂場に連れて行ってサササッとシャワーで洗い流して！」。すると、弟から電話がかかってきて、「言ってることはわかるけどさ。こういうことは息子にはなかなかできないよ。娘はできるだろうけどさ……」って弱々しげに言うので、「やればできる！　息子だって覚悟を決めればできる！」って叱咤したの。そうしたら、「わかった」と、いったん電話を切ってしばらくのち、「僕が産まれたところを初めて見ました」って（笑）。「よくやった！」って褒めちぎりましたよ（笑）。

偉いぞ、弟！

息子というのは、自分の母親が老いたり、壊れていったりする姿を見たくない気持が強いんでしょうね。あれだけしっかりして、いつも優しく自分の面倒を見てくれていた特別な存在の母親が、理性を失ってしまう姿は見たくないと。いっぽう、娘のほうは、最初のうちはショックを受けたり嘆いたりするけれど、本来が現実的対処においては割り切りが早いですから。こうなったならしょうがないってね。やるしかないと。

でも、異性だからできないってことはないはずですよ。現に仕事となれば、男性の看護師さんや介護士さんがいるわけだし、産婦人科の先生が、「母親と同じ性の人のそんなとこを見たくない」なんて言わないでしょう？　母親の介護でなくても、会社で上司から無理難題を突きつけられたら、「やったことないからわかんない」と拒否はできないはずですからね。それなのに家に帰ると、介護は妻がやるべきで、自分はやったことがないからやりたくないっていうのは、理屈に合わない話ですよね。

義母と嫁が結託する

――しかし、質問にあるような妻に任せっきりできた夫を、〝指導〟するのは容易ではないでしょうね。

阿川　車椅子を畳むのも、車に乗せるのも、相当な体力が要るから、「車椅子はお願い！」とか、「お医者さんに連れて行ってもらえる？」とか、まずは簡単な役割を分担するところから頼ってみてはどうですかね。「少しはやってよ！ こっちだって疲れてるのよ！」って最初から喧嘩腰になると、あっちも「俺も仕事で疲れてるんだよ」と反論するに決まっているのだから、できるだけ感情論ではなく、具体的な作業を提案してみる。ていねいに、「あれを助けて。その場合は、あそこにあれがあるから、それを使って」と指示すれば、しぶしぶであっても、少しずつ動いてくれると思いますけれどね。

――それか、お義母さんから言ってもらうっていうのはどうなんですか。

阿川 それもいいとは思うけど、聞くかなあ（笑）。そういうふうに育った息子が。そもそも母親が、そういうことは男子たるもの、しなくてよろしいと息子に教育をしてきたわけでしょう？ 台所なんか手伝わなくていいから勉強してきなさいとかね、たぶん。お母さんがなんでもやってくれたから、家事一切をやらない息子になったんですよ。妻が頼んでも、母親が頼んでも「嫌だ。俺はぜったいにやらないぞ」と言うような夫だとしたら、あとはクーデターを起こすしかないでしょうね。

――クーデター？ 何するんですか？

阿川 たとえば、「ただいま」って旦那が帰ってきたら、お母さんが車椅子に座ってコンビニのお弁当を一人で食べてるの。「晩飯は？」って息子が聞いてきたら、「○○子さん（奥さんの名前）、家出しましたよ」って（笑）。

「あなた、自分のご飯は自分で考えなさい。私はこのように動けません。悪いけど、私を運んで、ベッドまで連れて行ってくれる？」とか。妻はとりあえず家出をする（笑）。

――ああ、お義母さんと口裏を合わせて（笑）。

阿川　そう。「お義母さん、必ず帰ってきますから、ちょっとの間、お芝居してくれませんか。私、そうじゃないともう体力的にも精神的にも無理です。主人に思い知らせてやりたいから、しばらく姿を消します」って。

「義母が不憫で」っておっしゃるくらいだから、お義母さんとの関係は良好な様子だし、実の息子に何もさせないとはいえ、お義母さんとしても嫁に対して申し訳ない思いを持っているでしょう。きっと協力してくれるはずですよ。それで、「あなたがそういう態度を続けていたら、〇〇子さんは帰ってきませんよ。そしたら私は死ぬしかないわねえ」とか言ってもらう。

お嫁さんが不憫だと思うぐらいのお義母さんだから、きっと優しい人なんだと思うんです。「あんたもちゃんと手伝いなさい」って普通に息子に言っても聞かないでしょうけど、そういう状況に追い込めば、現実に目を向けざるをえないでしょう。

――そうやって、夫に改心させる。

阿川　そうなるのがベストよね。完璧に手伝ってくれなくてもいいの。せめて奥さんが、「疲れた」「ああ、もう限界」って訴えたときに、「大丈夫？」「僕が運ぶよ」「いつも任せてばかりでごめんね」「ありがとう」って夫が一言返してくれさえすれば、だいたい元気になれるのよ、女ってもんは。「聞いてくれる？」と問いかけたら「どうしたの？」って耳を傾ける（かたむ）だけでも、奥さんは十分にエネルギーを補充できるんです。そばにちゃんと理解してくれる存在がいる。見守ってくれる気持がウチの亭主にはあるなと、それさえわかればなんとか乗り越えられるのよ。この夫の場合、そこらへんの妻への思いやりが足りないんだろうな。そんな言葉は恥ずかしくて今さらかけられないとおっしゃる夫は、餓死（がし）だな！

――餓死ですか！　キビしいっすね……。

阿川　いいえ、妻がいないと自分はご飯も食べられないし、洗濯もしてもらえないっていう現実を、改めて認識したほうがいいんですよ。

家出しっぱなしで本当に帰ってこなかったら、それはまた別の問題に発展するだろうけど、せめて一日くらい、百歩譲って数時間、一人で考えるための静かな時間を過ごせば、パニックになった感情が少しは収まるかもしれませんよ。プチ家出って、距離と時間を稼ぐことだから。夫のほうも放っておかれる不自由さを体験すれば、妻の有り難みにしみじみと気づいて、反省の余地も生まれますって。

それにね、家を飛び出してみると、女性は案外心配になるものなのよ。「お義母さん、転んでないかしら」とか、「ガスの火をちゃんと消したかしら」とか、「ゴミはちゃんと分別してくれたかしら」とかね。でも、お義母さんが連絡先になっていれば、「どんな具合ですか？」ってこっそり様子を聞けるから安心でしょ。

いっそのこと、お義母さんと一緒に出て行っちゃうってのはどうでしょうか（笑）。なんでも妻や母親にさせるのが癖になっている男は、とことん生活力がないからね。すぐ音（ね）をあげますよ。

結論
家庭内クーデターを起こしましょう。

文春文庫

アガワ流生きるピント

定価はカバーに表示してあります

2023年9月10日　第1刷

著　者　阿川佐和子

発行者　大沼貴之

発行所　株式会社　文藝春秋

東京都千代田区紀尾井町 3-23　〒102-8008
TEL　03・3265・1211(代)
文藝春秋ホームページ　http://www.bunshun.co.jp

落丁、乱丁本は、お手数ですが小社製作部宛お送り下さい。送料小社負担でお取替致します。

印刷製本・大日本印刷

Printed in Japan
ISBN978-4-16-792100-2